시시 미미

시 쓰며

추선희 지음

學而思 | 학이사

머리말

시시한 일들이 아른거립니다.
미미한 것들이 사방 구석에서 저를 올려다봅니다.

그것들이 무겁게 다가오는 시간
의자에 앉습니다.
가만히 앉아
시시와 미미가
왜 저의 시선을 탐하는지 생각합니다.

곰곰 곰곰

외면할 수 없던
달아날 수 없었던
시시와 미미로
두 번째 명함을 만들었습니다.

저의 시시와 미미를 소개합니다.

차례

시시

,

ㅁ ㅣ ㅁ ㅣ

시
시

사람, 알거나 모르거나 스쳐가는

애교 단상愛嬌 斷想

　반백 년 애교 없이 잘 살아왔다. 스스로 생각해도 애교 같은 건 없었고 애교가 있다는 말을 허투루라도 듣지 못했다. 그렇다고 애교가 아쉬웠던 기억이 없고 애교쟁이가 부럽지 않았다. 가까이에 애교쟁이가 없어 그럴 수도 있다. 간혹 애교가 넘치는 이가 주위에 생겼다가도 어느새 사라지고 없다. 내가 그들의 애교에 무덤덤하거나 부담스러워한 탓일 게다. 애교란 피우는 이와 그것을 어여삐 여기는 이가 맞장구쳐야 완성되므로 그럴 거라 짐작할 뿐. 이래저래 주위에는 애교는 자기 관할이 아니라고 여기는 이들만 득실댄다.

헌데 이즈음 TV만 틀면 애교가 넘실댄다. 아이는 어른이 시키는 대로 귀여운 짓을 하고 아리따운 여자는 처음 보는 남자에게 거리낌 없이 온몸으로 호감을 표현한다. 저승꽃이 만발한 할아버지도 할머니에게 엉거주춤한 하트를 날린다.

무뚝뚝하기는 피차일반인 남편이 TV를 보다 불쑥 말했다. 당신이 조금만 애교가 있으면 나한테서 얻을 게 많을 텐데. 내 미간에 주름이 잡히고 언성이 높아졌다. 그게 무슨 말이야. 무얼 얻기 위해 남편에게 애교를 피우라니. 나의 격한 반응에 남편은 어이가 없는 모양이었다. 나 그런 여자 아니야, 갖고 싶은 건 내 힘으로 가질 수 있거든. 화를 내고 보니 애교가 없는 게 더 적나라해졌다. 이러던 차 노래 한 곡이 마음 깊숙이 들어왔다.

내 사랑은 꿈같이 내 옷 빨아주지요. 가엾게 생긴 꽃같이 내 눈앞을 가리며 비와 천둥의 소리 전 마을을 울릴 땐 내 사랑은 아무 말 없이 내 품 찾아오지요.

기차간의 인생들 잘났다고 떠들 때 이상과 진리 따지며 또 실패를 맛볼 때 내 사랑은 빛같이 어둔 밤을 밝히죠. 애교와 설교 없어도 내 발 만져주지요.

　한대수의 'my love' 다. 첫 소절부터 내 귀를 붙잡았다. 사랑하는 사람이 옷을 빨아주는 일을 꿈으로 여기고 있다. 몸을 감싸 체취가 배인 옷을 빠는 일이 마음에 따라 전혀 다른 일이 될 수 있음을 이 가객은 알고 있다. 나는 애교를 피우는 것보다 빨래를 해주는 것이 더한 사랑이라고 의역했다. 뒤따르는 가사도 마음에 든다. 비와 천둥이 칠 때 망설이지 않고 말없이 품을 찾아오는 사랑. 그것이야말로 최상의 애교인지 모른다. 두렵고 위급할 때 말없이 안기는 건 나도 잘할 수 있다. 특히 마지막 가사는 애교 없는 내 편을 들어주었다. 애교와 설교 없이도 발을 만져준단다. 어렵긴 해도 이런 사랑이 진짜라고 남편에게 일러주고 싶었다.

　그런데 얼마 전 애교가 있다는 말을 들었다. 흐뭇한 표정으로 나를 바라보고 있는 상대 앞에서 나는 어리둥절하였다. 부지불식간에 애교 같지 않은 애교를 피운 모양이었다. 격의를 허무는 순진한 태도와 아이 같은 감정 표현을 애교로 본 듯하다. 그리고 보면 딸 앞에서 그렇게 한 것은 이미 좀 되었다.

천성적으로 애교를 타고 난 딸은 나긋한 목소리와 호소하는 눈빛으로 마음을 녹일 줄 안다. 공감의 감탄사를 적절히 구사하며 목을 끌어안고 허리를 감싸 안으며 기쁨을 드러낸다. 내가 고단하거나 슬퍼 보이면 아기처럼 살살 대하고 자신이 그럴 땐 내 품으로 찾아들며 마음껏 기댄다. 미풍처럼 자연스럽다. 최측근의 이런 애교에 오래 젖은 탓인지 딸 앞에서는 생각 없이 애교가 나오는 것이다. 말끝에 이응을 붙여 어리광을 부리고 입술을 내밀고 토라진 척을 하고 기쁜 일이 있으면 아무 데서나 몸이 리듬을 탄다.

그것은 뒷감당을 생각할 겨를 없이 흥에 겨워 그냥 나온다. 한 번도 같은 것은 없다. 애교는 순간의 소통, 타이밍이 핵심인 폭발 같은 것이기 때문이다. 마주한 존재가 지극히 편해지는 순간 절로 껍질이 벗겨진다. 그리고 보들보들한 속살이 드러난다. 사랑받고 싶은 마음은 물론이거니와 사랑을 주고 싶은 마음이 넘쳐나는 존재에게 그것을 들키고 마는 어느 자락이다. 바라는 것이 있거나 예쁘게 보이고 싶은 대상에게 하는 의도적인 애교는 기술일지 모른다. 지극히 편안한 존재에게 호감이나 사랑을 숨기지 못하고 못내 피우고 마는 것이 본래의 애교가 아닐까. 화답이 있으면 기쁘지만 아무래도 상관이 없다. 어쩌면 그것은 노래에 있던 발 만져주는 사랑과도 맞닿는 지점이 있을 것이다.

　몸 안 저 깊은 곳에 애교가 때를 기다리고 있다. 스스로 키운 껍질 때문에, 혹은 상대를 못 만나 발현되지 못하다가 어느 화창한 날 화들짝 깨어날지 모른다. 순간 두 존재의 속살이 부딪히고 잠시 놀라고 기뻐 환해질 것이다.
　마주보고 그날을 축하할 일이다.
　아무에게나 누구에게나 피우는 애교는 애교가 아니므로.

참치횟집에 갔다

참치횟집에 갔다. 예전에 내게 기타를 가르쳤던 남자와 그 시절 더불어 배우던 여자를 만나러 갔다. 남자는 여전히 꽁지 머리였고 그렇게 술을 마셔댄다는데 혈색이 좋았고 여자는 자기 집 앞인데도 먼 외출 나서듯 차려입고 왔다.

참치회가 나오기 시작했다. 겨자 장에 살짝 몸을 대인 참치 와 무순 한 젓가락을 김에 얹어 돌돌 말았다. 젖은 참치와 파 릇한 무순을 감싸 안은 김 덕분일까. 회를 즐기지 않는데 목 을 타고 잘 넘어갔다. 김은 무엇이든 차별 없이 품는다. 그것들 뒤를 소주가 졸래졸래 따랐다. 이 만남의 김은 누구일까. 앉은 자리로 봐서는 내가 김이 되기 적당하다. 남자와 여자 얼굴을 번갈아 보며 급하지도 끊어지지도 않게 말을 이어간다. 그러다 이야기가 익기 시작하면 아무나 김이 된다. 팽팽하거나 느슨하거나 솟구치거나 가라앉거나 리듬이 넘실댄다.

음정 이야기가 나왔다. 음과 음 사이의 간격인 음정. 세상의 모든 곡들은 여러 음정의 합임에 다름 아니다. 각각의 음은 고유한 음고를 가지지만 둘 이상 모이면 함께 하는 음과 서로 영향을 주고받아 성격이 달라지고 역할이 변한다. 그러므로 음악을 소비하든 생산하든 그것에 대한 감각은 무척 중요하다. 무한 변수라서 자유로우며 매력적이지만 상대적이므로 변덕스러우며 감을 익히는 데 시간이 걸린다. 내가 말했다. 인간관계와 음정이 여러 모로 같더군요. 그 사람이 누구와 있느냐에 따라 다른 모습을 보이니까요. 꽁지머리 남자가 거들었다. 그렇지요. 도는 멀리 있는 솔하고 있으면 편안한데 가장 가까운 레하고는 어울리지 못하고 부딪히지요. 차려입은 여자는 듣기만 했다. 갑자기 식구들 생각이 났다. 한 공간에서 많은 시간 부대끼는 그들과 잘 지낸다는 것은 보통 일이 아니야. 가깝다고 편한 것은 아니잖아. 그리 생각하니 소주가 달았다.

참치횟집으로 사람들이 계속 들어왔다. 특이 아니라 일반 참치회를 주문한 탓인지 우리는 주인장의 무표정한 서빙을 받고 있었지만 밖에서 자리가 나기를 기다리는 이들을 개의치 않았다. 이른 저녁부터 제일 좋은 자리를 차지하고 앉아 한마음으로 주인장과 문밖 손님들을 아랑곳하지 않았다. 여자는 주로 나와 남자 이야기를 들었다. 그녀를 정면으로 바라보며 내가 말을 건넸다. 당신은 나를 언니라고 부르면서 좋아한다고 하는데 나는 왜 말을 놓지 못할까요. 너무 의젓해서 그런가. 안 지 오래되었는데도 왠지 모를 거리감이 느껴지거든. 여자가 담담하게 대답했다. 그런 이야기 많이 들어요. 여자는 자신이 만들어낸다고 내가 주장하는 거리감을 순순히 인정했다. 나만 그녀에게 거리감을 느끼는 게 아니군. 홀가분했다. 두 여자의 거리감 이야기를 들던 남자가 소주 한 병을 더 시켰다.

다른 이야기로 넘어가려는데 여자가 휴지를 꺼내더니 안경 밑으로 눈가를 누르기 시작했다. 누르고 또 눌렀다. 맺히려는 눈물을 서둘러 닦아냈다. 눈물이 여자가 둘러매고 있는 거리감에 관한 것이라 짐작했지만 나와 남자는 묻지도 달래지도 않았다. 말할 수 없는 아린 음정 하나가 여자의 눈물샘을 건드린 것 같았다. 나는 참치 뱃살을 천천히 씹으며 속으로 말했다. 눈물은 구르려고 나오는데 왜 그조차 기다려주지 못하는가. 울음을 동행하지 못하고 뺨까지 도달하지도 못하는 눈물의 심정이 내가 느끼는 거리감이라오. 그래도 내 앞에서 눈물을 비추었다는 사실이 좋았다. 반듯하게 앉아 마지막 눈물방울까지 정리하는 여자를 보고 있으려니 이제 그녀를 이름으로 부를 수 있을 것 같았다. 눈물의 이유 따위야 상관없었다. 다음부터는 말을 놓을 수 있을 것 같다고 하며 나도 모르게 여자의 어깨를 쓰다듬자 여자가 환해졌다.

깊은 밤 길모퉁이 참치횟집이 시끌벅적했다. 주인장을 가운데 두고 타원으로 둥글게 앉아 어깨를 살짝 돌려 자신의 동행들과 이야기를 나누었다. 동행이 아닌 이들의 들리지만 들리지 않는 목소리에 안온하게 안겨 신나게 떠들어댔다. 음악은 필요 없었다. 나와 무관한 음정들이 여럿 모이니 그리도 편안한 배경음악이 되었다.

　배경음악의 데시빌이 최고조에 달하려는 즈음 우리는 횟집을 나왔다. 그답지 않게 적당하게 취한 남자와 눈물자국이 말끔해진 의젓한 여자와 그녀를 이름으로 부를 수 있을까 다시 자신이 없어진 내가 길 위에 섰다. 잠시 우리였던 셋은 유치원생들처럼 손을 흔들면서 만나기 위해 걸어왔던 방향으로 돌아섰다. 참치향을 입술에 묻힌 채 가볍게 흩어졌다.

파란 무기

　어느 초가을, 같이 사는 동지가 곧 생일인데 뭐 필요한 게 없냐고 물었다. 충동구매가 어렵기만 한 나는 계획한 대로 베이스가 필요한데, 라고 말했다. 진즉에 중고 베이스 가격까지 알아놓았다. 이십여 년을 한 방을 쓰고 살아도 그것을 알 리 없는 무던한 동지는 고민 하나를 떨쳐내는 웃음을 피워 올리며 당장 사라고 크게 말했다. 그는 악기 가격을 종잡지 못하므로 한줄기 걱정이 얼굴에 남아있는 듯 했는데 나는 선물을 받아야 마땅한 자의 호기로 친절하게 그것조차 날려버렸다.

　"일단 중고로 살게."

동지의 얼굴이 조금 펴졌다.

"한 삼십만 원이면 될 걸."

잔주름, 큰 주름 다 펴졌다. 내가 알아본 베이스는 삼십오만 원짜리였다. 사십만 원 혹은 오십만 원이더라도 그는 오랜 동지애로써 기꺼이 지불하였겠지만 마찬가지의 동지애로써 나는 오만 원을 깎아 주었다. 그가 완벽하게 편안한 얼굴로 말했다.

"지금 바로 돈 줄까?"

"그럴래? 고마워."

그리하여 티 없이 파란 빛깔의 야마하 사현 베이스가 내 방에 들게 되었다. 동지의 생일 선물인 베이스를 사놓고는 몇 개월 쥐었다 놓았다 안았다 버렸다 하다 결국 놓아버린 상태가 몇 년간 지속되었다. 하지만 멀리 보내지는 못했다. 늘 두던 자리에 세워두고 오가며 바라보았다. 떠나보낸 애인이라도 몇 년은 가슴 이곳저곳에 숨겨놓고 음미한다. 품지도 않고 그렇게 오래 버려두다가 남긴 숙제 바라보듯 마음이 복잡해져 어느 날 케이스에 집어넣어버렸다. 집어넣을 이유는 많았다. 파란 몸에 먼지가 내려앉으므로, 찬 기운과 더운 기운에서 보호해야 하므로, 생일선물이므로. 베이스는 아무 저항도 못하고 검은 케이스에 갇힌 채로 곁에 계속 머물렀다. 옛 애인의 사진을 정리한다고 바로 태우는 것은 아니다. 한동안 가까이 더 깊숙하게 둔다.

늦은 나이에 하고 싶던 공부 과정을 마친 후 그 뿌듯함에 스스로에게 선물을 주기로 마음먹었다. 쇼핑도 별로이고 사는 동네를 떠나 놀러 다니는 것에도 관심이 없는 나는 배움을 선물하기로 하였다. 자신에게 하는 선물은 배움이 최고라는 엄마에게서 물려받은 단단한 믿음이 있다. 나는 인생의 계획보다 조금 빨리 베이스를 정식으로 배워보기로 결심이라는 걸 하였다. 한가한 때를 기다리다 몸이 아프거나 새끼손가락 하나 탈이 나 배울 수 없을지 모른다.

급하고 중요한 것을 제일 먼저 해야 하고 그 다음으로는 급하지는 않지만 중요한 것을 해야 한다. 다행히 급하고 중요한 것이 그때 내게 별로 없었고 지금은 더 없다. 가만히 생각해 보니 대체로 그러했다. 중요한 것은 급하게 할 수 있는 게 별반 없어서 그런지 모른다. 그러므로 하등 급하지는 않지만 매우 중요한 것, 베이스가 어떤 악기인지 제대로 체험해보기로 쉽게 마음먹었다. 수소문하여 전자공학을 전공했지만 한 번도 써먹지 않고 베이스만 붙잡고 있는 막내 동생뻘 선생님을 알게 되었다. 처음 만나던 날 내가 말했다.

"십 년쯤, 그러니까 환갑까지 배울 생각이니 많이 빨리 가르칠 필요 없습니다."

"하하, 알겠습니다."

"그리고 왜 그렇게 쳐야 하는지 알고 싶으니 이론 좀 가르쳐주시고요."

"예, 잘 알겠습니다."

이리하여 밥하고 강의하는 것 외는 그리 중요한 것이 없는 나는 지극히 낙천적이고 학생 요구대로 세월아 네월아 가르치는 선생님에게 레슨을 받기 시작했다. 첫 시간에 배음에 관해서 배웠다. 한 음을 튕겼을 때 나는 파생음이 도 도 솔 도 미…의 순서이며 이것이 서양음악의 화음의 형성 원리라는 것이다. 상대적으로 먼저 뒤따르는 소리와 합친 것이 협화음이며 늦게 나타나는 음과 합친 것이 불협화음이라고 했다. 또한 예전 종교 음악에서는 불협화음을 함부로 사용하지 못했지만 지금은 불협으로 들리지 않을 만큼 청각도 시대와 함께 흘러간다는 것이다. 재미있고 신기했다. 나는 불협화음, 달리 말하면 어긋나고 애매하고 종지감이 없는 화음에 더 끌리는 인간임도 덤으로 알아차렸다. 이런 배움의 기쁨과는 달리 손가락은 참 말을 안 들었다. 특히 넷째와 새끼손가락은 힘도 없는 것이 고집은 세어 명령을 거부하고 애를 먹인다. 벌어지기도 거부하고 굽히기도 거부한다. 힘이 없으면 고집이라도 있어야 한다고 여기는 건지.

집에 아무도 없더라도 나는 선방 문 닫듯 조용히 방문을 닫고 어깨에 베이스를 맨다. 방 귀퉁이 나무의자에 앉아 둥 엇두 두두 엇두, 두두엇두두 두둥… 기꺼이 시간을 축낸다. 마음의 결이 흔들리고 흔들리다가 종내 원래대로 돌아가기를 바란다.

본의가 아니게 분주해지려는 이즈음 이것은 아름다운 무기가 된다. 첨단 과학과 조형예술과 인간의 접점인 파란 무기. 오차에 민감한 증폭되는 소리와 날렵하고 멋진 몸체에 마음이 가세해 이내 사라지는 소리가 울려나온다. 소리는 그 순간의 나를 드러내면서 마음의 찌꺼기를 허공으로 쏘아 올린다.

나는 무엇에 싸우고자 이 파란 무기를 둘러매는 것인가. 뱃속이 시끄러운 나, 허명에 유혹되는 나, 바빠지려는 나, 상처 입은 나, 도망가려는 나, 이 모든 것에 자타에 무해한 무기가 필요해서인가. 이것은 바라보거나 사용하거나 간에 순간에 명멸하는 아름다움의 방식으로 그 순간을 보호한다. 이것은 전우가 지불한 삼십만 원의 가치를 예전에 넘었고 시간당 삼만 원인 레슨비의 가치도 무한정 넘어 세상에서 오직 중요한 두 가지, 나 자신과 내가 세상과 맺는 방식이라는 전장에서 고맙게도 나를 잘 지켜주고 있다.

비눗방울

그 비눗방울이 이따금 생각난다. 그것을 왜 비눗방울이라 여겼는지도 모르면서.

어느 겨울 저녁 무렵 서울에 있었다. 아들의 생일이라 올라간 것이다. 신촌 뒷골목에서 같이 저녁을 먹고 운동화와 재킷을 사러 근처 백화점에 들렀다. 연인이거나 친구이거나 부부인 쇼핑객들 사이에서 우리는 보름 만에 만나 다정했다. 쇼핑을 하다 보니 시간이 많이 흘러 아들 하숙방에 다시 들를 시간이 없었다. 하숙방 정리도 해주었고 선물도 사주었으니 그

27

냥 집으로 돌아오면 되지만 새 운동화 끈 문제가 남았다.

아들은 오른손을 전혀 쓰지 못한다. 그것을 관장하는 뇌세포가 십수 년 전 어처구니없는 사고로 망가졌기 때문이다. 한 손만으로 그것도 왼손으로만 생활하는 게 얼마나 힘들까, 라고 쉽게 말하겠지만 그것은 힘든 차원 저 저 너머의 이야기다. 게다가 양손이 힘을 모아야 할 때는 오죽 많은가.

무거운 이야기는 생략하고 보다 가벼운 것만 해도 참 많다. 비 오는 날 짐이 많아서는 안 되고 잘못 벗어 뒤집힌 옷을 바로 하는 데 시간과 에너지가 소요된다. 한 손으로 건반을 두드리고 카메라를 쥔 손으로 셔터까지 눌러야 한다. 그런데 어린 아들은 불평 없이 왼손만으로 샤프심을 넣었고 한 손으로 자를 사용하여 수학 수행평가를 했다. 다 큰 아들은 가파른 앙코르와트 사원을 망설이지 않고 올라갔고 배낭을 지고 들고 지구 반대편으로 가 한참을 머물렀다. 그래도 곁에 있을 때 내가 늘 해주는 두 가지가 있는데 그것은 손톱을 깎아주는 일과 새 운동화 끈을 매어주는 일이다. 그날도 새 운동화 끈을 묶어줘야 해서 의류 매장 옆 카페에 들렀다.

아들이 운동화를 신고 의자에 앉는다. 나는 발등이 조이지 않도록 신경 쓰며 끈을 끼운 후 매듭을 짓는다. 키가 백팔십 센티미터인 아들이 제 무릎 밑에서 운동화 끈을 매는 어미를 내려다보고 있다. 다 묶자 아들은 앉은 채로 발을 움직여보고 일어나 몇 발자국 걸어본다. 다시 앉아 운동화를 벗는다. 그런데 쉬이 벗겨지지를 않는다. 끈을 너무 당겼나 보다. 다시 아들 앞에 쪼그려 앉아 차례차례 끈을 느슨하게 한 다음 나비 모양으로 마무리한다. 매듭이 쉬이 풀릴까 염려되어 나비 두 날개를 한 번 더 묶는다. 날개가 작아졌다. 이번에는 잘된 모양이다. 적당하게 벗겨진다. 임무를 마친 나는 자리에 앉아 미지근한 커피를 마신다. 앉고 보니 비로소 우리를 보고 있는 낯선 시선들이 느껴진다. 지나는 쇼핑객들이나 커피를 마시는 사람들 눈에는 의아해 보였을 것이다. 중년의 엄마가 대학생 아들의 운동화 끈을 매주고 있다니. 설명이 없거나 자세히 들여다보지 않으면 해석이 안 되는 풍경은 언제나 있다. 도처에 있다. 그동안 내 마음대로 이해하고 단정한 낯선 풍경도 얼마나 많았을 것인가.

그런데 그 저녁 아들의 운동화 끈을 매주던 순간 아롱다롱한 커다란 비눗방울이 우리 두 사람을 에워싸고 있는 듯했다. 비눗방울 안에서 아무 소리도 들리지 않았고 아무 시선도 느껴지지 않았다. 연애 시절 만원 시외버스 안에서도 상대와 나밖에 없는 듯 여겨지던 시간과 비슷했다. 고요하고 아늑했다. 인생의 고난에도 잘 웃고 내 속을 적당히 썩여가며 곁에 있는 아들만 보였다. 운동화를 신을 아들이 살아있어서 운동화 끈을 매어줄 수 있다는 사실만 중요했다. 아들 또한 타인을 조금도 의식하지 않았다. 자신의 몸피의 반밖에 되지 않는 엄마가 끈을 잘 매는지 태연무심하게 살피고 있었다. 우리는 오색 비눗방울로 잠시 세상과 단절되었다.

맑고 투명한 막 안에서 한 사람만을 마주하는 순간이 자주 오지는 않는다. 그 안에는 두 사람만 있으며 그 순간 아무도 그 안에 들어가지 못한다. 막은 아슬아슬 연약하지만 누구도 들어갈 수 없다. 아마 그래서 그 저녁 피워 오른 비눗방울이 내 마음속에 선연한 것이리라. 살짝 건드리기만 해도 터지는 힘없는 것이 터지지 않은 채로 여태 간직되는 것이리라.

슬픔과 기쁨이 알맞게 어우러진 평화가 비눗방울 안에 둥글게 가득했었다.

엉엉

　어둠이 내린 골목길에 단발머리 소녀가 울면서 걷고 있다.
소리 내어 울면서 걷고 있다. 엉엉 엉엉. 그것은 우는 이도 그
영문을 다 알지 못하는, 아주 깊은 곳에서 터져 나오는 소리
였다. 소녀는 행인들이 안중에도 없어보였고 손으로 눈물을
훔쳐가며 천천히 걸었다.

　태권도 도장과 카페의 불빛이 거리에 아른거렸고 행인들은
이상할 만큼 무심하게 가던 길을 갔다. 적나라한 울음소리에
대한 반응을 미처 준비하지 못한 것일까. 밤이라서 만사에 마
음을 놓아버린 때문일까. 낮이라면 호기심에라도 길에서 우

는 소녀를 쳐다보았을 텐데. 우는 소녀와 울지 않는 행인들이 각자 제 갈 길을 갔다.

엉엉 엉엉. 어른의 세계에 채 들어서지 못한 소녀가 울음을 멈추지 않는다. 까닭이 궁금치 않은 것은 아니지만 섣부른 시선으로 한 슬픔을 방해해서는 아니 된다. 못 본 척 조심스럽게 지나갔다. 우는 소녀와 울지 않는 내가 잠깐 나란해졌고 두 세계가 잠시 부딪혔다. 자연스럽게 흔들리고 있는 한 세계와 그것이 오래된 세계. 나는 막 소녀가 지나왔던 길을 걸어갔고 울음소리가 계속 나를 따라왔다. 엉엉 엉엉. 오로지 슬픔에만 침잠하였다. 엉엉 엉엉. 그 외에는 아무 것에도 마음이 가닿지 않았다.

소녀 주위의 무감한 세상이 도드라진다. 울음과 한 몸이던 무구한 슬픔이 그리워진다. 주름살이 깊어지고 번지는 사이 천진한 슬픔은 멀어져갔다. 그 기억을 더듬느라 걸음은 느려지고 또 다른 슬픔이 눈물도 소리도 없이 밀려든다. 아, 소리 내어 운 적이 언제였던가.

뒷문

두 아파트 뒷문이 골목길을 사이에 두고 비스듬히 마주보고 있다. 대개 정문은 넓고 밝은 대로를 향하지만 뒤편 혹은 옆구리에 사람만 드나들 수 있는 문 하나씩 달고 있다. 담 너머 은행나무는 제 잎을 제 맘대로 뒷길에 뿌려놓았다. 열려있는 작은 철문이 낮은 소리로 내게 묻는다.

'마음에도 뒷문 하나쯤 있어야 하지 않을까.'

굳건한 앞문만 있고 앞문조차 절차를 거쳐 허락된 이들만 드나드는 사람의 얼굴에는 자주 긴장감이 흐른다. 만남의 조건이 정해져 있는 이에게 뒷문은 불편하고 불안한 문이다. 뒷문이 없으므로 떨어진 잎이 제 힘으로 쓸려 다니다 자연스럽게 소멸될 뒷길도 없다.

사는 중에 예기치 않은 샘물을 떠주거나 이름 모를 꽃잎을 뿌려주는 이들도 마음의 뒷문으로 만나는 이들이다. 뒷문으로 나와 산보하는 그들과 나는 조용히 목례를 하고 선걸음에 삶의 편린에 대해 이야기를 나눈다. 낯설게 감탄하고 뜨겁게 위무한다. 그리고는 다시 각자 가던 길을 간다. 그들을 자주 만날 수는 없다. 우연에 우연이 겹쳐야 만날 수 있다. 뒷문으로 나서는 시각을 서로 알지 못하기 때문이다.

요즈음 지어진 고급 아파트는 자유롭게 드나들 수가 없다. 뒷문이 없어 뒷골목으로 이어지지 않는 아파트는 높고 단단하다. 사람이 사는 곳이 사람과 닮았다.

오늘도 나는 뒷문을 열어놓고 마음이 시키는 대로 그곳을 나선다. 세상의 모든 뒷문은 작고 소박하다. 조금 낡아있고 언제나 열려있다.

어떤 관심

　신호등이 녹색으로 바뀌자 차들은 망설임 없이 달리기 시작했다. 나 역시 브레이크에 얹혀있던 발을 반사적으로 떼고 앞으로 나아갔다. 늦은 오후임에도 여전히 힘을 잃지 않은 햇빛이 앞 유리창을 통해 얼굴을 달구었다. 그때 앞쪽 가장자리 차선의 무언가가 달리는 것들 사이에서 달리지 않고 있었다.

　스쳐 지나며 가자미눈으로 보니 손수레였다. 상자와 신문지, 고물이 깊이의 두세 배 높이로 무너질 만큼 실려 있었다. 느리고 무거운 것이라기보다는 외로운 것으로 다가왔다. 작은 키에 몹시 여윈 할아버지가 힘껏 손수레를 끌고 있었다. 할아버지의 윗몸은 앞쪽으로 많이 기울어졌고 얼굴은 아예 도로 바닥을 향해 있었다. 횡단보도로 가야 맞지만 힘을 아끼 고자 차로를 택한 듯했다.

그 네거리가 주변 도로보다 조금 높다는 사실을 그 오후 처음 알아차렸다. 가만히 서 있어도, 젊은 사람도, 태양을 피해 어디라도 숨고 싶은 날이었다. 할아버지는 앞도 옆도 보지 않았다. 아니 볼 힘과 겨를이 없었을 것이다. 더위와 소음을 단단히 차단시킨 차들이 서슴없이 달리고 손수레는 그것들에 온전히 노출된 채 할아버지의 땀방울로 한 걸음씩 나아갔다. 옆자리에 할아버지를 태우고 손수레는 차 뒤에 매달고 고물상까지 쌩쌩 달리고 싶다는 생각이 들자마자 손수레는 차들에 가려졌다.

저녁에는 폐지를 모으러 다니는 할머니를 보았다. 머리를 낡은 수건으로 아무렇게나 감싼 할머니가 손수레를 밀며 시끄러운 카페 골목을 소리 없이 누볐다. 허리가 거의 구십 도로 굽었다. 지나가던 아이는 그렇게 허리가 굽은 할머니를 처음 본다는 듯 목을 빼고 돌아본다. 손에 지폐를 꼭 쥔 채 고물상에서 나오는 그 할머니를 본 적이 있다. 이른 저녁이어서인지 손수레에 실린 폐지는 많지 않다. 무겁지 않아서 다행이지만 많지 않아 걱정이 된다. 저 정도면 얼마나 받을까. 천 원아니면 이천 원. 주머니에 있는 돈을 드리면서 오늘 하루는 굽은 등을 뜨뜻한 방바닥에 뉘고 쉬라고 말하고 싶다.

손수레와 한 몸이 되어 목적지가 있는 양 앞만 보며 가던 할머니가 갑자기 멈춰 선다. 자동차 속도를 줄이기 위한 턱에 걸려 멈칫거린다. 줄일 만한 속도도 없고 무게도 없는 손수레건만 할머니에게는 손수레 무게만으로도 힘든가 보았다. 몇 번을 시도해도 턱을 넘지 못하고 있다. 굽은 허리 탓에 힘을 잘 싣지 못해서인지 모른다. 근처서 머뭇대던 나는 할머니와 함께 손수레를 밀어본다. 손수레는 가볍게 턱을 넘고 할머니는 나를 향한 듯 아닌 듯 희미하게 웃고 가던 길을 간다.

폐지를 모으는 노인들이 많아진 건지 내 눈길이 그들을 찾는지 모르겠다. 낮에도 마주치고 저녁에도 마주친다. 같이 산책하는 딸의 눈에는 강아지나 길고양이가 잘 보이는 걸 보면 이즈음 내게만 유달리 전경이 되는 성도 싶다. 별로 튼튼하지 못한 나의 사지를 대입시키고 동병상련을 느끼는가. 노인들은 모두 나보다 더 여위었다. 아니면 별 생각 없이 쓰는 만 원짜리가 생각나 부끄러워서인가. 이즈음 카페 커피를 테이크아웃해서 자주 홀짝거렸었다. 혹은 찾아뵐 때마다 더 작아지고 헐거워지는 어머니 아버지가 생각나서인가.

크리슈나무르티가 《아는 것으로부터의 자유》에서 말했다.

> '당신이 관심을 가질 때에만 자신의 모든 주의력을 기울일 수 있는데 이것은 당신이 참으로 이해하고 싶어 한다는 것을 말하며 발견하기 위해 당신은 자신의 온 마음을 기울인다.'

그렇다면 나는 무엇을 이해하고 싶은 것인가. 삶의 마지막 시간의 모습에 관해서인가. 불확실하고 변덕스런 삶의 파고에 아무도 예외가 될 수 없다는 엄정함인가. 혹은 한 사람의 어떤 희로애락이 나와 결코 외따로 떨어져 있는 것이 아니라는, 세상에 무관한 것은 없다는 진실인가. 혹은 이 모든 것의 합인가. 손수레 끄는 노인들이 자꾸 눈에 밟히는 연유를 더듬

노라면 상념이 가까운 곳과 먼 곳, 가벼운 것과 무거운 것 사이를 종횡무진한다.

오늘도 손수레 끄는 노인들을 스쳐 지나간다. 내 오른발이 액셀러레이터에 놓여있거나 두 손이 짐 없이 가볍게 흔들릴 때 손수레와 노인들은 느리고 무겁게, 그리고 외로이 나를 스치며 간다. 지나가지만 지나가지 않고 나를 붙들어 흔들고 만다.

우정 식당

마음에 관한 여러 책에서 같은 구절을 접하였습니다. 소설가 올더스 헉슬리가 임종에 다다랐을 때 누군가가 그 많은 영적 스승에게서 무엇을 배웠는지 물어보았다고 합니다. 헉슬리는 짤막하게 대답하였습니다.

"한마디로 요약하자면, 다만 친절해지는 법을 배웠습니다."

늦은 점심을 먹기 위해 아들과 한 식당에 들렀습니다. 세 시가 넘은 시각이라 점심 장사를 마친 식당은 조용했습니다.

식사를 마친 한 손님만 한가로이 신문을 보고 있을 뿐 다섯 개 남짓한 탁자가 텅 비었습니다. 몹시 차갑고 냉랭한 날씨였습니다.

식당은 작고 낡고 천장조차 낮았습니다. 이전에 우연히 들렀을 때 값도 싸고 맛도 좋았던 기억이 남아 이리로 왔습니다. 오천 원도 되지 않는 순두부찌개에 순두부가 많았고 밑반찬에서 손맛이 느껴졌었습니다.

탁자에 앉으니 물을 주려고 아주머니가 다가왔습니다.

"따뜻한 걸로 드릴까?"

"예? 아, 예."

"젊은이는 찬 걸로?"

"예."

"나이든 이들은 따뜻한 물을 좋아하고, 젊은이들은 겨울에도 찬물을 좋아하더구먼."

물 한 잔을 주면서 미리 물어보며 배려해주는 이를 만나기는 처음이었습니다. 별 거 아닌데도 객지에서 듣는 말이라 그런지 몸도 녹고 마음도 노글해졌습니다. 커다란 뚝배기에 나온 순두부찌개는 역시 푸짐했고 밥알에 윤기가 잘잘 돌았습니다. 막 부친 계란말이가 투박하니 먹음직스러웠습니다.

그때 식당 문이 열리는 소리가 났습니다.

"날이 너무 차니 밥하고 국물 조금 주시면 오늘은 여기서 먹고 가면 안 될까요?"

중년 남자 목소리가 들렸습니다.

"안돼요. 손님들이 있어서요."

우리를 두고 하는 말인 듯했습니다.

"금방 먹고 갈게요. 날이 너무 추워서…"

나는 무슨 일인가 싶어 고개를 들어 맞은편 거울로 뒤편을 살폈습니다. 노숙자라기에는 깔끔하지만 몸집이 작고 행색이 몹시 남루한 남자가 서 있었습니다. 남자는 다시 나갈 것 같지 않았습니다. 어깨를 움츠리고 서서 움직이지 않았습니다. 금방 먹고 갈게요, 금방 먹고 갈게요, 라고만 했습니다. 아주머니는 할 수 없다는 듯 주방 쪽으로 가더니 밥과 국, 몇 가지 반찬을 쟁반에 담아 문간에 앉은 남자 앞에 놓아주었습니다. 정황으로 보아 이 식당에서 가끔 밥을 얻어먹는 사람 같았습니다. 대개는 때를 지나 얻어 밖에서 먹었는데 이날은 너무 추워서 사정을 한 듯 했습니다. 정말이지 그런 날 밖에서 밥을 먹다가는 먹던 중에 꽁꽁 얼어버릴 게 뻔했습니다.

남자는 말없이 밥을 먹고 우리도 순두부를 마저 먹었습니다. 식어가는 순두부찌개는 끝까지 맛있었고 식당은 내내 평화로웠습니다. 육십 대쯤의 아주머니와 주방의 할머니는 그 남자에게 특별한 시선을 두지 않고 각자 제 일을 하였습니다. 아주머니는 무심히 텔레비전을 보다가 주방의 할머니에게 말을 건네고 할머니는 음식을 만들면서 동네 이야기를 하였습니다. 배달이 많았던지 아저씨 한 분이 가게를 들락거리며 그릇을 가지고 오더군요.

거울로 찬찬히 살펴보니 남자 앞에 밥 한 그릇, 국 한 그릇, 반찬 두 가지가 놓여있었습니다. 그 남자의 밥이나 우리 밥이나 똑같았습니다. 뚜껑 있는 밥그릇에 밥이 뚜껑까지 꽉 담겨 있었습니다. 똑같은 김이 모락모락 피어올랐습니다. 남자는 텔레비전이나 주위에 눈 한 번 주지 않고 서둘러 밥을 먹었습니다. 미안하고 부끄러워서일까요, 아니면 고마워서일까요. 고개를 푹 숙이고 먹는 일에만 집중하였습니다. 오 분쯤 지났을까. 밥을 먹자마자 남자가 일어났습니다.

"안녕히 계세요."

남자가 고개를 천천히 숙이면서 인사하였습니다. 식당 아주머니가 인사에 답했습니다.

"네, 안녕히 가세요."

그냥 네, 라고만 해도 충분했을 것입니다. 안녕이라는 말에 가슴이 뜨거워졌습니다. 진심으로 안녕을 바랍니다, 로 들렸습니다. 공짜 밥을 먹고 인사하였고, 공짜 밥을 주었지만 인사에 답을 하는 장면에 제가 있었습니다. 갑자기 차가워진 날씨 때문이었을까요. 저 혼자 울컥했습니다. 식당 이름은 우정 식당이었습니다. 먹을 수 없는 보석이 아니라 밥 한 그릇을 주는 곳이었습니다.

도움을 받는 이에게 거들먹거리지 않고 다정하게 대하는 것이 친절이 아닐까, 인간에 대한 예의가 바로 친절이 아닐까, 생각했습니다. 우정 식당에서 친절을 보았습니다.

,

방울 같은, 점 같은

만나는 법

I

　일면식이 없는 분과 시외버스 정류장에서 만날 일이 생겼다. 그분이 물었다.

　"그런데 서로 어떻게 알아보지요?"

　"저, 찾기 쉬울 거예요. 마르고 화장 안한 중년 여자가 잘난 체하는 표정으로 앉아있을 겁니다."

　그분은 큰 소리로 웃었고 그날 나를 단박에 알아보았다.

　단순하고 평화로운 대면, 이름을 날려버린 대면을 오래간

만에 가져보았다. 찌릿찌릿했다. 삶 속에 드문드문 박혀 있는 그런 대면이 즐겁다. 만난다는 것은 그런 것이다.

II

집 근처 미술관의 개관전을 찾았다. 전시안내서를 받아들고 안으로 들어서서 첫 작품 앞에 섰다. 작품 언저리가 유달리 고요했다. 작가의 이름과 작품의 제목이 보이지 않았다. 작품 홀로 나를 바라보고 있었다.

안내서를 펼치니 각 전시실 도면이 있고 작품의 위치에 작은 번호가 표시되어 있었다. 작품을 보고 안내서에서 위치와 번호를 확인한 후 아래에서 번호를 찾아야 작가명과 작품명을 알 수 있었다. 수고가 들고 시간이 들었다. 그래서인지 어디선가 관람객이 안내원에게 불평을 하는 소리가 들렸다. 나는 수고로움이 즐거웠고 낯선 불친절함이 오히려 고마웠다.

이름과 제목이 아니라 작품을 먼저 만날 수 있었다. 슬슬 거닐다 마음이 당기는 작품 앞에 멈춰 서서 한동안 응시한다. 가까이 보다가 뒷걸음치면서 보다가 정면으로 보다가 옆으로도 본다. 작가와 제목이 궁금해 죽겠으면 그제야 안내서를 펼치고 찾아본다. 아는 작가도 있지만 모르는 작가가 더 많다. 발길을 붙잡는 작품을 만나면 속으로 작가 이름을 두어 번 읊조린다. 아니면 그냥 안녕, 안녕, 하며 작품들과 헤어진다. 기대도 없고 편견도 없이 만나고 헤어진다.

'무제'라는 제목의 예술품을 이해하기 어려웠던 때도 있었다. 세상에 내걸 이름을 갖기 위해 책상 앞에만 앉아있던 시절 '무제'라는 작품을 만나면 마음이 복잡해졌다. 제목이 '무제'일까, 제목이 없다는 뜻일까. 이제는 '무제'를 달고 있는 작품 앞에서 긴장되거나 불편하지 않다. 창작하는 마음과 음미하는 마음이 자유롭게 만나 이야기를 나눌 뿐이다. 무제는 자유임을 눈치 챌 정도로 어깨에 힘이 빠지고 얼굴에 주름이 자리를 잡기 시작했다. 편안하다. 그것들을 내 마음대로 만날 수 있다.

Ⅲ

이름이 달리지 않은 길을 보기가 점점 힘들어진다. 차도 뿐

아니라 사람만 나다니던 길에까지 속속들이 이름이 생기고 있다. 주소를 위한 도로명은 물론이고 올레, 둘레, 하며 이름 붙이기 시합을 하는 듯 야단스럽다. 마치 없던 길을 새로 만드는 것처럼, 마치 처음 걸어보는 것처럼.

숨어있던 아름다운 길을 찾아 알리고 공유하는 것은 기쁜 일이다. 그렇지만 불러주어 꽃이 되는 것과 꽃 이름을 다는 것은 다르리라. 어느 바람 탓에 접어든 낯선 길을 비밀처럼 간직하고 있다가 이름이 붙여졌음을 아는 순간 길이 준 위안이 반쯤 사라진다. 문서와 문학, 논문과 수필, 설명과 묘사, 이런 대비가 떠오른다. 이름을 원치 않는 길, 이름이 답답한 길도 있을 것이다. 자신만의 이야기로 말을 건넬 줄 알던 길을 이름으로써 잃고 싶지 않은데 이제 무명의 영역은 점점 좁아만 간다.

이름 없는 길에서는 간혹 길을 잃기도 한다. 그래서 이름 대신 온 몸과 온 마음을 동원하여 길을 기억한다. 우왕좌왕했던 시간 속에 놓인 길을 되새기고 싶을 때 자신만의 기억에 의지해 다시 더듬는다. 언제나 새로운 무언가를 발견한다. 길은, 바라보는 방식에 따라 달라지는 여러 풍경을 거느리고 있다. 나는 이름 이외의 것으로 그것들을 다시 만난다.

매미가 가슴께로 날아들어 엄마야, 소리쳤던
아이 업고 함박눈 맞으며 걷던
한낮에도 어둑했던
우산이 소용없던
가늘고 긴
길
길
길

곰팡이꽃

장마철이 되면 옛 살던 집 생각이 자주 난다. 특히 습기를 머금어 탄성이 느껴지던 마루와 그 밑에서 새어 나오던 냄새.

엄마는 신발이 빗방울에 젖을까 마루 밑으로 밀어 넣었고 나는 마당을 향해 엎드려 고개를 빼고 마루 밑을 살펴보곤 했다. 신발과 흙과 고물이 보이는 그곳에서 냄새가 기어 나왔다. 곰팡 곰팡 곰팡.

곰팡이는 우리 삼 남매가 무엇을 하며 노는지 궁금해서 안방 벽에도 찾아오고 엄마가 바쁜 틈을 노려 부뚜막 위 음식에도 슬그머니 안착하곤 했다. 곰팡 곰팡 곰팡.

지금 내 사는 곳에는 곰팡이가 찾아올 기회가 별로 없다. 냉장고는 크고 소독제는 유능하고 떠도는 습기가 자유롭게 드나들 구멍이 벽에도 문에도 없다.

그럼 곰팡이꽃을 재배해볼까. 식빵과 오렌지를 봉지째 부엌 베란다에 내버려둔다. 떠다니던 곰팡이 씨앗 하나가 하얀 식빵과 주황색 이국의 과일 위에 내려앉는다. 곰팡이가 외친다.

'나도 꽃이야.'

나는 물감처럼 번지는 그것을 살피며 처음 만나는 것처럼 말을 걸어본다.

'꽃인 줄 몰랐어. 미안해.'

마음에도 때로 곰팡이꽃이 핀다. 모르는 사이 제쳐둔 사람과 사물에 하얗게 파랗게 퍼지고 있다. 무슨 일인지 이제 그조차 서둘러 닦아내고 싶지 않다. 그 또한 제 색을 가지고 있는 꽃으로 보여 눅눅한 마음 한 자락 들여다보고만 있다.

적막을 벌다

마지막 주 금요일 저녁의 마음에 음악, 권태, 벗어나기, 서성이기 등의 단어가 떠돌면 허름한 상가 이층 계단을 오른다. 한 달에 한 번 재즈 공연이 열리는 단골 카페가 거기에 있다. 혼자 가도 편안한 곳이 도시 어느 곳에 박혀 있다는 것은 든 든하다. 멀리 벗어나지 못하고 잰걸음으로 서성이는 나에게 는 더욱 그러하다.

참새석이라 명명된 탁자에는 늘 대여섯쯤 모인다. 흑갈색 커피나 연붉은 오미자차를 마시면서 음악에 어깨를 흔들고 발장단을 친다. 얼굴만 아는 이들의 대화는 쉽게 끊기곤 한다. 이야기가 끊어진 동안에는 밴드가 내놓는 소리가 각각의 어둡거나 가라앉은 얼굴을 쓰다듬어준다.

공연이 끝나도 몇몇은 쉬이 떠나지 못하고 식은 차를 마신다. 지나간 주의 피로와 다가오는 주의 막막함에 발목이 붙잡힌다. 무대는 비워졌고 악기가 내던 음표 대신 그들의 목청에서 나오는 음표가 와글와글하다. 톤이 겹쳐지고 피치가 올라가고 웃음이 터진다. 그러다 일순 조용해진다. 옆 탁자의 사람들 목소리도 이미 잦아들었다. 이름 정도만 아는 이들 사이에서 피어나는 적막은 어색하기도 하고 익숙한 공간이라 아무렇지 않기도 하다.

이러거나 저러거나 카페에 번지는 적막이 쓸쓸하다기보다는 이상하리만치 사랑스럽다. 벌어졌던 꽃잎 닫히듯 여남은 사람의 입술이 차례차례 오므려진다. 슬그머니 모두 다물어진다. 입술을 다문 채 이제 들리지 않는 소리에 귀를 기울인다. 음악에 그을려진 얼굴들을 하고 적막이 내는 소리를 들으며 각자의 동굴을 들락거린다. 적막은 날아다니다 부풀어 카페를 감싸고 그 안의 마른 가슴들에 차고 고요한 물을 채

운다.

　우리는 적막을 애써 벌기 위해, 적막의 잔치판을 벌이기 위해, 그렇게 뜨겁게 떠드는지 모른다.

매미 목소리

"오늘은 매미 목소리에 힘이 없어."

아이가 아파트를 나서며 걱정스레 말했다. 매미 소리도 아니고 매미 울음소리도 아니고 매미 목소리가 그렇다고 했다. 매미 목소리라는 말에 엘리베이터를 기다리던 내 입 꼬리가 올라가면서 미소가 일었다. 정말 그런가 싶어 매미 소리에 귀 기울여보니 힘이 없는 것 같기도 하고 아닌 것 같기도 했다. 열 살쯤 되어 보이는 아이는 목소리에 힘이 없는 매미를 걱정하는 얼굴로 멀어졌다. 아이의 엄마는 대개의 어른들이 그러하듯 무슨 의무나 책임에 마음이 가 있는지 아이의 말에 대꾸

없이 앞장서 종종거리며 갔다.

여름마다 매미 소리를 들었지만 그것을 매미라는 이름을 가진 생명체의 목소리라고 여겨본 적은 없다. 여름의 당연한 배경소리거나 기분에 따라서는 낮잠을 방해하는 소음이 되곤 했을 뿐이다. 아이의 표현이 뇌리에 박힌 나는 집으로 올라가는 엘리베이터 안에서 목소리라는 말을 여기저기에 붙여보았다.

매미 목소리
강아지 목소리
코끼리 목소리
자동차 목소리
바람 목소리
첼로 목소리

살아 있는 것이든 사물이든 무엇이든 뒤에 목소리를 붙이자 다정해졌다. 서로가 있기에 존재하는 사이 같았다. 친구나 식구 같았다. 한 존재가 개별적이고 특별한 관계를 가진 다른 존재에게 목소리로써 순간의 마음을 전한다는 입장으로 흘렀다. 그러고 보면 세상에 떠도는 소리는 하나도 같은 게 없다. 한 번도 같은 소리가 난 적도 없고 그래서 들은 적도 없다. 순간의 실존이 독특한 음고와 음조로 표현되고 있었다.

아이는 이 아침의 매미 소리가 어제와는 다른, 오늘만 들을 수 있는 소리임을 알고 있었다. 소리의 주인이 자신만 낼 수 있는 소리로 자기 이외의 존재들에게 말을 건네는 사적인 것임을 알고 있었다. 그리 여겼기에 자연스레 매미 목소리라는 말이 나왔으리라.

나 역시 순간순간 유일무이한 소리를 발하고 있다. 그 소리로 온기와 냉기, 용기와 치사, 치달음과 주저함 따위를 사방팔방 흩뿌리고 있다. 어떤 날은 매정한 소리를 날카롭게 지르다가 또 어떤 날은 다른 존재들을 염려하며 다정하게 말을 건네기도 한다.

여름날에 아이가 그려낸 풍경 하나가 무더위조차 그림이 되게 한다.

시시, 미미

《참을 수 없는 존재의 가벼움》에서 밀란 쿤데라는 삶에서 필연적인 것만이 무거운 것이라 했다. 무거운 것들, 필연적인 것들이 떼로 몰려오는 날, 그것을 감내하는 나의 방법은 시시하고 미미한 것들을 음미하는 것이다. 목전의 시시한 것들을 붙잡고 미미한 것에 눈길을 주는 것이다.

어느 무거운 날이었다.

도마 위에 양배추 한 통을 올려놓았다. 볶음 요리에 넣을 시시한 양배추다. 나는 그날 내게 닥친 무거움을 잊거나 감내

하려고 '최대한 천천히 양배추 썰기'를 시작한다. 피할 수 없는 한 불안감을 이겨보려는 의도를 품고 조심조심 천천히 썰어보는 것이다. 미색 위에 번져 있는 연둣빛이 경계 없어 평안하다. 산 등줄기 같은 잎맥에서 어머니의 마른 손등을 떠올린다. 굴곡과 색조를 처음 본 듯 손과 눈으로 실감한다. 손등의 동물적 피부와 양배추의 속살을 견주어 보면서 살살 썰어본다. 사삭사삭. 시원하고 달콤한 풀 냄새가 코로 올라온다. 썰면 썰수록, 천천히 썰면 썰수록 더 많이 올라온다. 떨어지지 않으려는 듯 밀착되어 있던 잎들이 결국 서로의 손목을 놓고 도마 위에 쓰러진다. 한 서양배추의 시원한 향과 속이파리의 탄성에 마음의 무게가 조금 덜어진다.

거울 앞에 선다. 짧은 흰 머리 한 올이 정수리에서 솟구쳐 있다. 나, 막 나온 싱싱한 흰 머리칼이에요. 그것은 숨지 않고 당당하다. 나는 검은 숲에 가만히 혼자 익어가는 흰 열매를 발견한 듯 웃으며 바라본다. 여태까지 잘 견뎌왔구나, 그래 이제 나타날 때도 되었지. 반갑게 맞아주마. '흰 머리칼 뽑지 않고 물끄러미 쳐다보기'를 끝낸 나는 아이 방으로 가 낮잠

을 즐기는 아이를 눈으로 쓰다듬는다. '스무 살 처녀 낮잠 자
는 모습 바라보기'다. 희고 맑은 이마부터 어느 새 부풀어 제
자리를 잡은 몸을 비너스상 관람하듯 구경한다. 햇살에 안긴
채 분홍 이불을 덮고 오수를 즐기는 스무 살 여자 아이의 모
습, 시시한 풍경이 시시하지만은 않다.

참외 하나를 깎았다. 칼날이 참외에 닿는 느낌이 만만찮다.
막 땅에서 벗어난 티를 내며 칼과 내기를 하나 싶을 정도로
여물다. 노란 껍질을 벗어난 그것은 터질 듯 탱글탱글하다.
푸른 세로 선이 손목 안쪽의 정맥마냥 선명하다. 늦은 오후의
허기를 핑계로 '참외 통째로 먹어보기'를 시작한다. 거실에
주저앉아 참외를 양손으로 감싸 쥐고 입을 크게 벌리고 길지
않은 앞니를 최대한 빼어내어 한 입 베어 문다. 삶의 무거운
것이 나를 퇴행시켰다. 프로이트는 인간은 욕망을 누를 때 생
겨나는 불안을 감추려고 방어기제를 사용한다고 했다. 억압
도 있고 투사도 있고 반동도 있지만 오늘 나는 퇴행을 선택한
다. 무거움을 더는데 도움이 된다면 못할 것도 없다.
  턱과 온 입술과 이로 참외를 만난다. 참외 정수리에 구멍이

뚫리고 저 아래 씨들이 놀라 나를 보고 있다. 이제 참외를 돌려가며 먹는다. 한 바퀴, 두 바퀴, 세 바퀴. 씨를 보호하던 과육과 보호를 받던 씨가 함께 입으로 들어간다. 혀 위로 씨가 올라올 때 마음이 약간 진중해진다. 씨는 생명과 동체, 참외를 먹으면서 한 번도 해보지 않았던 생각을 한다. 과육과 씨가 입 안에서 침을 만나 더 부드러워지고 더 달콤해진다. 입 언저리는 번들거리고 손도 단물로 축축하다 마르기를 반복한다. 턱이 간질간질하다. 씨앗 몇 개가 흘러내리다 그곳에 자리를 잡은 모양이다. 마음이 그새 가벼운 쪽으로 조금 넘어간다.

생의 필연으로 무거울 때 가벼운 시간만 바라보고 사귀어 본다. 그 시간 안에서 가장 미미한 사물들, 가장 시시한 풍경에 나를 통째로 맡겨본다. 무거운 날 잠들기 전 나는 가만히 시시, 미미를 부른다. 이 둘은 힘 들이지 않고 입술에서 새어 나온다. 그조차 고맙다.

거실 산책

산책을 한다. 맨발에 머리칼은 부스스하다. 풀색 체크무늬 파자마를 입었다.

식탁 위에는 치우지 못한 접시가 두어 개 남아있고 방에는 이불이 똬리를 틀고 앉아있다. 그것들을 버려둔 채 산책 시작이다. 행로는 곡선이다가 직선이다가 마음 따라 달라지지만 출발지는 언제나 거실이다. 먼저 거실을 길이로 예닐곱 번 오간다. 간밤의 어지러운 꿈들이 걸음 수에 비례해 가라앉는다.

벽지가 색을 잃기 시작하는 게 보인다. 문짝의 껍질은 모서리부터 슬슬 일어나있다. 거실장 고리들은 헐렁하니 오랜 습

관마냥 늘어졌다.

　천천히 낡아가는 것에는 무엇이 있다.

　베란다로 진출한다. 아직 오늘의 빨래를 가지지 못한 건조대 봉에 오래된 때가 눌러앉아있다. 열린 창으로 들어온 바람은 파자마 안에서 몸을 휘감으며 뱀 되어 오른다. 산 빛깔은 어제보다 더 짙어졌고 차들은 신호등에 걸려 꼼짝하지 못하고 있다. 아침이든 저녁이든 사람은 창안에 있는 사람과 창밖에 있는 사람으로 나뉜다. 거실창과 차창 안에서 서로에게 안이거나 밖이 된다.
　다시 거실로 돌아와 액자에 담기지 않은 그림에 코를 대고 냄새를 맡다가 쓰다듬는다. 시각으로 존재하는 것들도 가끔 후각과 촉각으로 만나야 한다. 맞은편에는 이사 온 이래 한 번도 자리를 바꾸지 않은 벽화 같은 대나무 그림이 있다. 그 앞에 그보다 조금 더 젊은 소파가 있고 소파 위에는 그보다 더 젊은 방석이 놓여있다. 오래된 것은 천천히 뒤로 물러난다. 새것이 돋보이도록 후퇴한다.

천천히 낡아가는 것에는 무엇이 있다. 방울 같은 것, 점 같은 것이.

빈방으로 간다. 삼십년지기 자개 거울이 입구서 나를 쓰윽 본다. 은근하게 반짝이는 자개 테두리 안에서 그것은 오늘 처음 보는 나의 새 얼굴이다. 이마와 머리칼 사이가 희끗 어둑하다. 아침의 빈방도 희끗하니 어둑하다. 방주인이 없다고 시간이 흐르지 않는 것은 아니므로 달력을 한 장 넘겨놓고 부엌으로 행로를 바꾼다. 젊은 가스렌지 위에 더 젊은 주전자가 김을 내뿜는다. 그 옆 지난 여름에 만든 앞치마가 푸르다. 앞치마를 빼 두른, 근방에서 가장 오래된 내가 어리디 어린 햇차를 준비한다.

그러한 것들과 더불어 내가 있다. 이제 모델하우스 같은 집에 거하고 싶지 않다. 마침내 새집이라고 불릴 수 없게 된 집에서 본격적으로 낡기 시작하는 몸이 편안하다. 내 몸에 어울리는 집에 살며 그것이 품은 공간을 산책하며 서로를 버리지 않고 손잡고 나이를 먹는다.

시동을 걸어 엔진을 데우는 자동차처럼 산책을 계속한다. 이 산책이 온 하루를 먹여 살리기에 전화벨소리도 현관벨소리도 듣지 않는다. 걸으며 꿈만 꾼다.

나
벽과 옛 거울처럼
바래지고 얼룩지기를

보푸라기 일어
그것들
일제히 바람에 흔들리기를

분명치 않은 방울과 점들로
끝내
아롱거리기를

정전

그것은 일격에 왔다. 텔레비전과 전등이 작은 폭발음을 내며 꺼지고 집은 일순 어둠과 고요에 묻혀버렸다.

간신히 촛대와 초를 찾아 책상 위에 불을 밝혔다. 촛불 아래서 숙제를 하던 생각에 책을 펼쳤지만 형광등 빛에 익숙해진 눈은 이내 용기를 잃었다. 촛불은 생각보다 어둠을 많이 밀어내지 못하였다. 가녀린 초가 발하는 빛 둘레는 어스름하면서 아늑했다. 방과 마루가 작아서였을까. 그 시절에는 촛불의 존재가 훨씬 컸었다. 제대로 누리지도 못하는 공간을 지금 너무 많이 차지하고 있는지 모른다.

하릴없이 촛불을 바라보다 옆에 세워둔 기타로 손이 갔다. 그것을 껴안고 스페인 민요 '로망스'를 연주해보았다. 기타 소리는 선명하니 알알이 굴러갔다. 굴러가서 여기와 저기에 가 부딪혔다 다시 돌아왔다. 어둠에 에워싸여 첫 열여섯 마디 단조 부분을 천천히 되풀이했다. 가을의 정전과 애잔한 단조가 한통속이 되었는지 손가락이 장조로 옮겨 가질 않았다. 애써 분발하여 밝음으로 진입하고 싶지 않았다. 단조의 음률에 흠씬 잠기자 몸은 어둠에 안착하고 청각을 선두로 감각이 살아났다.

삶에도 가끔 정전이 일어난다. 예고가 있을 테지만 아둔함과 아집에 알아채지 못하다가 번번이 놀라 비틀거린다. 삶의 정전 동안 무엇으로 어둠을 밀어내고 어떻게 견뎌낼 것인가. 눈앞이 캄캄하더라도 붙들 수 있는 누구와 무엇이 있는가. 칠흑의 시간을 통과하기 위해서는 빛 안에 있을 때 촛대를 닦고 초를 마련해야 할진대.

삼십여 분 만에 다시 전기가 들어왔다. 그런데 그 빛과 빛이 뻗어나간 공간을 바라보는 나의 태도는 조금 달라졌다. 막 지난 어둠과 다시 온 빛이 공평하게 사랑스러웠다.

미
미

마음, 경직과 혼돈 사이

앉는 마음

해는 저물고 나는 앉는다. 탁상 램프를 켜고 하늘색 방석이 깔린 의자에 앉는다. 앉아서 하는 일이란 앉아야만 할 수 있는 일들이다. 남의 글을 읽는 일, 내 문장을 조합하는 일, 바느질, 혹은 일 없이 팔을 늘어뜨리고 숨결을 고르는 일이다.

길을 가다가 나도 모르게 홀로 앉아 있는 이들에게 눈길이 가는 수가 있다. 깊은 밤 버스 정류장 벤치에 한 남학생이 허리를 둥글게 말고 앉아 폰을 들여다보고 있다. 조금 떨어진 곳에는 어깨에 두른 손가방을 두 팔로 감싸 쥔 할머니가 그 아이를 슬쩍슬쩍 쳐다본다. 내 눈에 아이와 할머니는 버스가 아닌 무언가를 기다리는 듯하다. 시간인 것도 같고 사람인 것도 같다. 길가 이름 없는 공원에는 비닐 앞치마를 두른 남자가 운동기구에 엉덩이를 걸친 채 담배를 피우고 있다. 막 매운탕을 끓여내고 온 근처 횟집 주방장인지 모르겠다.

길 위에 앉아 있는 그들의 눈빛은 걷는 사람들과는 다르다. 엉덩이를 놓으면 마음도 놓아지는지 삶의 결이 방심 속에 드러나 있다. 쓸쓸함과 달콤함, 피로와 휴식, 어제와 내일이 버무려진 어떠한 결이 비친다.

여행지에서 내가 누구보다 자주 앉는 것도 근자에 새로 나타난 아직은 미미한 증상이다. 이유는 딱히 없다. 일행이 아름답거나 유명하거나 혹은 아름다움으로 유명한 곳에서 의무와 즐거움으로 사진을 찍고 찍히는 중에 나는 딴청 부리듯 대열에서 낙오하여 저만치 앉아 있곤 한다. 의자든 바닥이든 앉아 사원의 나부끼는 깃발을 보고 깃발 위 하늘을 보고 하늘 아래 먼 데 지붕을 본다. 인솔자의 설명은 들리면 듣고 들리지 않으면 바람소리를 듣는다. 구경하거나 애써 관찰하려는 마음을 버리고 묵직하니 앉아 그저 바라보는 것도 심심하니 좋았다.

베트남 여행 중 호찌민 시내를 돌아보는 참이었다. 프랑스 풍의 다분히 세련된 어느 광장에 도착했다. 호찌민에 도착하 자마자 눈만 뜨면 보아온 오토바이의 행렬에 또다시 멀미가 나려던 차 장난감 나팔 소리가 들렸다. 뿌우뿌우, 뿌뿌뿌. 오 랜만에 들어본 플라스틱 나팔 소리가 반가워 소리 나는 쪽으 로 슬금슬금 가보았다. 작은 공터에서 아이들이 나팔을 불면 서 뛰어다니고 있다. 작지만 안전한 공간에서 관광객들의 아 이들과 그 나라 아이들이 밤하늘을 향하여 마음껏 나팔을 불 고 있었다. 그것은 자동차와 오토바이 소리를 가뿐히 뚫고 하 늘로 흩어졌다.

나는 나팔 부는 아이들의 엄마라도 되는 양 화단 경계석에 엉덩이를 대고 제대로 앉았다. 광장 둘레로 자동차와 오토바 이가 뒤섞여 흘러갔고 내 앞으로 유모차와 아이들이 오고 갔 다. 번잡한 곳이니 일행에서 벗어나지 말라는 인솔자의 당부 는 이미 잊었다. 서 있다가 앉으니 애써 지탱하던 힘들이 필 요를 잃고 풀어진다. 그래서일까. 도시의 소란스러움은 그대로인데 그 무질서조차 하나의 오롯한 그림이 된다. 무엇을 구경하기 위해 항상 움직여야 되는 것은 아니었다. 내가 움직이지 않으니 움직이는 것이 더 잘 보이고 움직이지 않아야 될 것이 갑자기 흔들리는 순간에 느긋이 동참할 수 있었다. 아이들이 발을 디딜 때마다 땅이 조금 흔들리고 별은 더 밝게 깜빡였다.

종일 부엌과 서재 사이를 서성대던 내가 틈을 내 의자에 앉는다. 고양이가 소파에 올라앉듯, 새가 나뭇가지에 걸쳐 앉듯, 나비가 꽃잎 위에 내려앉듯 앉는다. 앉으면 날숨은 다시 길어지고 심장은 분수에 맞는 리듬을 되찾고 손과 발은 제한된 동작 안에서 한가해진다. 앉는 순간 진실로 그 시간에 접속하게 된다.

부엌에서는 감자전을 부치려고 갈아놓은 감자가 그릇 안에서 가라앉고 있고 서재에는 내가 앉아 있다. 내 안의 많은 것들이 따라 키를 낮추며 앉는다. 앉아야만 하는 것들이 앉기 시작하고 수면은 잠잠해진다. 그러면 되는 것이다.

머무는 마음

　드물기는 하지만 책 한 권이 어떤 것에 대한 입장을 바꾸기
도 한다.

　십 년 전쯤 한 일간지의 책 소개 기사를 읽다 《여기에 사는
즐거움》이라는 책을 알게 되었다. 이 책에 몹시 끌렸다. 그즈
음 나는 왠지 앞으로 나아가고 싶지 않았고 길을 떠나는 여행
이 심드렁해지기 시작했으며 있는 자리에 가만히 있고 싶었
는데 마침 그 책이 내게로 왔다.

　야마오 산세이라는 일본 작가의 이 조용조용한 산문집은
많은 것을 품고 있어 삶의 여러 문제에 영향을 끼쳤는데 가장

큰 것은 작가가 누누이 말한 '서두르지 않는다. 집중한다.' 는
정신이다. 머물거나 떠나거나 간에 무엇을 행해야 될지 모를
때는 어떻게 행할지에 마음을 두는 것이 최선이다. 무엇은 감
내하기 힘들지라도 어떻게는 자신이 조종할 여지가 있으므
로 그러하다. 그 어떻게 가운데 야단스럽지 않고 효과가 깊은
것은 매사 속도를 늦춰보는 것이다. 이와 연관하여 작가는 여
행을 이렇게 말한다. '지구 위의 어느 장소이든, 사람이 한
장소를 자신의 터전으로 선택하고, 거기서 나고 죽을 각오를
하면 그 장소에서 끝없는 여행이 시작된다.' 이 책 이후 낯선
공간으로의 유혹이 더욱 덜어졌다.

　하지만 결혼한 여자, 특히 중년을 넘긴 여자는 부부동반 해
외여행이라는 것에 가끔 끼이게 된다. 남정네들이 노후의 외
로움을 대비하여 한 달에 몇만 원씩 계를 붓다 돈이 차면 마
음도 차올라 어느 날 여행을 모의하기 때문이다. 이번에는 라
오스였다. 떠나지 못할 현실적인 이유는 하나 없었지만 해 저
무는 시각 집을 나서려할 때 서글픔이 설렘보다 더 힘이 셌
다. 전날 내린 폭설로 혹 비행기가 뜰 수 없을지도 모른다는
기대까지 품어보았다. 하지만 그런 일은 일어나지 않았다. 밤

사이 비행기 날개에 쌓인 눈이 제거되길 기다리느라 이륙이 지체되었을 뿐이다. 가벼운 것이 무거운 것으로 바뀌는 데 하룻밤이면 충분했던지 눈은 잠시나마 비행기 날개 위에서 자신의 무게를 드러내었다.

왕궁과 시장, 길 위와 호텔 안으로 다니던 어느 밤 루앙프라방에 도착했다. 위대한 황금불상이라는 뜻의 루앙프라방은 라오스의 옛 수도이다. 다음 날 새벽에는 그 유명한 탁발을 볼 예정이라고 했다. 입장이 변화한 이는 때로 조용히 할 말을 한다.

"나는 그냥 방에서 쉬고 있을게요."

나는 구경거리를 무심하게 외면했다. 다음 날 일행이 탁발에 참여하러 간 사이 흑갈색 높은 침대와 느긋한 샤워를 즐기고 집 거실에서처럼 몇 가지 체조를 실컷 하고 아침산책을 나섰다. 객실 복도에는 다국적의 여러 명랑한 냄새가 떠돌고 있었다. 그 냄새를 통과하여 긴 복도를 걸어갈수록 나는 그저 어느 아침을 천천히 걷고 있는 어떠한 여자로 되어갔다.

바람이 불어왔다. 어디서 불어오나 고개를 돌리다 강을 보았다. 고갱의 그림 속 타히티 여인의 갈색 젖무덤 같기도 하고 여인이 머리에 꽂은 초록 풀잎 같기도 한 강물이 힘차게 흐르고 있었다. 건장한 남자의 팔뚝 수만 개가 꿈틀대는 것도 같았다. 메콩 강이었다. 강은 불뚝불뚝 흘러갔다.

바람이 연신 불어왔다. 불어와서 강과 호텔 정원의 나무 한 그루와 나를 한 줄로 꿰었다. 강이 일으키는 소리가 나무에 올라탔고 그 소리는 내 머리칼을 날리고 옷깃을 들쑤시고 얼굴을 마음껏 만졌다. 그것은 모든 것을 안고 흐르는 강의 아픈 소리인지도 모르고 몸은 강가에 있지만 바다가 그리워 미칠 것 같은 나무의 소리인지도 모르고 언제 생긴 지 모르는 내 가슴속 모래알갱이가 쓸리는 소리인지도 몰랐다.

'쏴아, 쏴아, 쏴아…'

내가 가진 몸과 몸의 변덕스런 벗인 마음의 모든 구멍으로 바람이 쉼 없이 들락거렸다. 나는 낯선 흙 위에 튼튼하게 서서 낯설지 않은 바람에 몸과 마음을 대놓고 맡겼다. 맡기고 또 맡겼다. 라오스로 여행을 온 여자가 아니라 강바람을 쐬고 있는 동네 여자였다.

탁발을 보러 가지 않은 것은 잘한 일이었다. 탁발을 구경하는 것보다 혼자 맞는 바람 안에서 그득해졌다. 루앙프라방 메콩 강가에 바람이 그저 불었으며 나는 바람 안에서 편안하였다.

바람이 불었다. 이제 세상 어느 구석에 있든 구경하는 사람이 아니라 머무는 사람이 될 수 있을 것도 같았는데, 그 느낌이 좋았다. 그 느낌이 내게 중요했다.

건강한 마음

문장과 구절이 자주 떠오르는 시간이 있다. 밤 산책과 아침 샤워 시간이 그런 시간이다.

밤거리에서는 낮 동안 갖가지 빛에 시달렸던 시각이 잠잠해지고 후각과 촉각은 살아난다. 발바닥의 촉감과 바람결을 낱낱으로 느끼며 어슬렁거리다 보면 깊은 마음에 조금 쉽게 가 닿는다. 열기가 가신 대지에서 피어오르는 향기가 감지되면 부지불식간에 문장이 솟는다. 밤길에서 건져 올리는 문장의 가치를 아는 나는 바로 걸음을 멈추고 떠오르는 대로 폰에 기록해둔다. 문장이 솟구치는 속도를 감당치 못하여 받침은 뒤로 밀리고 띄어쓰기도 챙길 수 없다. 마음 한 조각이 고요한 시간에 제대로 풀어야 하는 암호로 저장된다.

아침 샤워 중에도 이런 일이 자주 있다. 따뜻한 물과 김이 벗은 몸을 데워줄 때, 부드러운 물줄기가 얼굴을 두드릴 때, 젖은 머리칼이 제멋대로 이리저리 방향을 바꿀 때, 가슴께에서 무언가 떠오른다. 이렇게 탄생한 문장은 곧잘 달아나는 습성이 있다. 혹은 내용을 기억하더라도 순간의 정확한 느낌이 잊히고 만다. 조사 하나가 달라지거나 낱말 순서를 그대로 재현하지 못한 탓이기도 하다. 그 맛은 아주 다르기에 원래 것이 아니고서는 글을 데려오지 못한다. 그래서 샤워를 마칠 때까지 그저 속으로 되뇌기만 한다.

이 아침 비누거품을 씻어 내리는 중에 건강한 마음이라는 말이 떠올랐다. 아주 평범한 말이다. 하지만 심리학에서 자주 언급되는 정신건강이라는 표현과는 다른 느낌이 들었다. 그래서 잊지 않으려 계속 생각했다. 건강한 마음, 건강한 마음. 그런대로 건강한 편이라 소소한 행복을 음미하는 힘이 있고 내 손으로 내 몸을 씻는 게 크게 다가와서인지 소박한 말이

크게 울리고 있었다. 건강한 마음, 건강한 마음.

샤워 중에 떠올랐다는 것은 더 끌어올릴 게 있고 밑에 무언가 고여 있다는 의미이다. 고이지 않으면 떠오를 리 없다. 역시나 혼돈chaos과 경직rigidity이라는 말을 데리고 왔다. 어느 심리서에서 이것에 관한 내용을 보았을 때 옳거니 싶었다. 건강한 마음의 반대 개념인 심리장애 상태는 혼돈과 경직 중 하나이거나 둘 다인 상태라는 저자의 말에 공감했다. 혼돈의 끝에 불안이, 경직의 끝에 강박이 있었다. 모든 장애의 상태를 아울러 해석할 수 있는 포괄적인 개념이었다.

이 개념이 내게 와 닿은 것은 무엇보다 이것이 심리장애를 가진 이들에게만 해당되는 이야기가 아니라 여겨졌기 때문이다. 심리장애를 판단하는 데는 DSMDiagnostic and Statistical Manual of Mental Disorders이라는 기준서가 있지만 제목처럼 통계학적 기준일 뿐이다. 건강한 마음 상태와 그렇지 않은 상태, 정상과 비정상 사이에 경계가 그리 명확하던가. 누구나 언제나 혼돈과 경직 사이를 오가고 있지 않은가. 날마다 그렇고 일 년도 그렇고 삶 전체를 보아도 그렇지 않은가.

우리의 마음은 자주 혼란스럽고 우울하고 두려움으로 인해 마비된다. 수험생 시절 나는 자주 경직 상태에 머물렀다. 불안이 높은 날 시험을 치르면 강박적 사고에 휩싸이곤 했다. 답안지를 제출하고 나면 수험번호를 잘못 기재했거나 답을 한 칸씩 내려 쓴 것만 같았다. 두려움을 참지 못한 나는 기어이 교무실에 가서 확인을 했지만 문제가 있던 적은 한 번도 없었다. 마음에 경직이 일어나 마비가 된 것 뿐이었다. 이완되고 느긋할 때는 이런 일이 일어나지 않았다.

경직이 지나칠 때는 소량의 혼돈이 필요하다. 나의 마음은 음악에 쉽게 부드러워진다. 막혔던 곳이 다시 뚫리고 얼어붙었던 곳이 녹아내린다. 단단하게 보이던 규칙과 책임이 시시해보이고 현실적으로 중요했던 일이 하찮게 여겨지며 다시 느슨해진다.

한편 에너지와 정보의 회오리바람이 몰아칠 때 마음은 다스리기 힘들 정도로 혼돈 쪽으로 밀려간다. 경계를 허물고 쳐들어오는 사람들과 정서를 소모시키는 사건들이 한꺼번에 몰려들 때 마음은 상하좌우로 흔들린다. 광적인 분노나 외상적 기억에 휩싸여 마음이 지나치게 혼돈 쪽으로 가면 위험하다. 그곳에 오래 머물면 다시 질서를 잡기가 어려워지기 때문이다.

심각한 병적 상태가 아니라 정상 범주에 있더라도 마음은 저울 바늘처럼 흔들린다. 지나치지 않는 범위 내에서 마음의 저울 바늘을 조화롭게 움직일 수 있는 힘이 건강한 마음이 아닐까. 경직과 혼돈 사이, 엄격함과 느슨함 사이를 일렁일렁하면서. 그러므로 오늘은 혼돈 쪽으로 기울었구나, 어제는 경직 쪽으로 가 있었구나, 이렇게 말하는 것이 옳다. 타인을 바라볼 때도 마찬가지다.

'오늘 저 사람은 약간 혼란스러운 상태에 있구나.'

'아직 비정상적으로 경직되지는 않았어. 조금 더 바라보고 있자.'

'나도 그랬듯이 시간이 지나면 다시 중간으로 돌아올 거야.'

샤워를 마친 나는 몸의 물기를 닦고 젖은 머리를 말리면서도 건강한 마음, 혼돈과 경직이라는 구절을 잊지 않으려 꼭 붙들고 있었다. 샤워 중에 나의 바늘은 아마 혼돈 쪽으로 더 갔을 것이다. 뜨거운 물과 비누 거품과 향에 취해 마음의 빗장이 열렸을 것이다. 샤워타임, 소중한 혼돈의 시간이다.

선택하는 마음

1

십여 년 전 삼십 대를 함께 보낸 자가용을 처분하고 새 차를 사려던 즈음, 배기량 정도만 정해두고 어떤 차로 바꿀지 망설이고 있었다. 아이들은 혼자 집을 볼 수 있을 만큼, 가끔 제 방문을 걸어 잠그고 비밀을 키울 만큼 자랐고, 내 마음에는 새롭고 낯선 싹이 돋아나려는 듯 근질거렸다.

어느 날 텔레비전을 보는데 자동차 광고 하나가 눈에 들어왔다. 애리조나 주 사막의 뜨거운 태양 아래 한 여자가 모래

바람을 일으키며 차를 몰았다. 광고는 '자유, 질주, 본능!'을 외치면서 끝났다. 음, 내가 좋아하는 것들만 모았군. 나는 며칠 뒤 그 차를 주문했다.

사고 보니 비슷한 가격의 다른 차가 연비도 좋고 디자인도 국제적으로 인정받았다는 이야기가 들렸다. 이미 사버렸는데 생각하면 무엇하랴. 나의 차는 엄마와 아내 역할로 인해 부족했던 자유, 질주, 본능을 추구한다. 다른 건 귀담을 필요 없다. 나는 좋아하는 시디 여남은 개를 싣고서 사막 대신 도시를 달린다. 움직이는 작은 공간에 '수퍼 세션Super Session'의 노랫말이 웅웅 퍼진다. '떠나는가, 꿈꾸는가…'

2

부엌에는 여러 자루의 칼이 있다. 가늘고 긴 생선용 칼, 가벼운 야채용 칼, 넓적하니 무게감 있는 고기용 칼이 있다. 낡았지만 버리지 못하는 칼이 있고 아직 포장도 벗기지 않은 칼이 있다. 하지만 대개는 한두 자루만 나와 있다. 가지가지 꽂아두고는 그것만 열심히 부려먹는다. 다른 칼들은 쉬는 시간이 더 많다.

여럿 가운데 하나를 고를 수 있는 물질적 심리적 여유가 있을 때 우리는 잠깐, 자유를 향유한다. 선택할 수 있다는 것은 자유를 뜻하므로 선택과 행복은 친한 사이다. 그럼 선택의 자유가 많을수록 과연 더 행복할까.

한 가게에서 한 곳에는 여섯 종류의 잼을, 다른 곳에는 스물네 종류의 잼을 맛볼 수 있는 시식대를 만들었다. 사람들은 잼 종류가 더 많은 시식대로 몰렸다. 하지만 막상 구입할 때는 여섯 가지 잼을 맛본 사람이 열 배 정도 더 많이 구입하였다. 이 실험 결과는 지나치게 많은 선택권은 불안을 가중시키고 행복감을 줄인다는 의미로 해석되었다. 선택범위가 넓어질수록 완벽한 것을 기대하므로 선택 후 만족하기 어렵다. 선택받지 못한 것들이 마음 안에 맴도는 것이다.

심리학자 슈왈츠Schwartz는 선택상황에서 결정을 하는 모습을 관찰한 후 행복과 선택을 연관시켜 최상주의자maximizer와 만족주의자satisficer로 나누었다. 최상주의자는 모든 선택사항을 검토한 후 완벽한 선택을 하려는 사람이며 만족주의자는 웬만한 것을 선택하고는 더 이상 마음을 쓰지 않는 사람이다.

최상주의자에게 두 번째로 좋은 선택이란 있을 수 없으며 만족주의자에게 중요한 것은 최소한의 조건이 충족되는지 여부다. 관찰 결과 최상주의자들이 만족주의자들에 비해 경제적으로 좀 더 이익을 얻었지만 반면 우울하거나 초조해지기 쉬웠다.

최상주의자와 만족주의자는 수행장면에서도 다른 모습을 보였다. 슈왈츠는 최상주의자와 만족주의자를 그들보다 문제를 훨씬 잘 풀거나 훨씬 느리게 푸는 사람과 나란히 앉히고 철자 바꾸기 문제를 풀게 하였다. 만족주의자들은 옆 사람을 별로 개의치 않고 혼자 있을 때처럼 풀고 즐겼다. 하지만 최상주의자들은 옆 사람이 자신들보다 문제를 빨리 풀 때 당황하였고 자신과 비교해보느라 빨리 지쳤다. 돋보기가 된 마음이 볼 필요도 없는 데까지 닿은 것이다. 선택의 자유가 많음이 늘 기뻐할 일은 아니며 최상주의자는 고단한 마음을 각오해야만 한다.

3

대체로 나는 선택이 수월한 축에 든다. 개인사와 관점에 따라 익은 기준이 있기 때문일 것이다. 옷은 옷감, 생필품은 가게와 집과의 거리, 아파트는 산책길 유무 같은 것이다. 선택을 하는 시점에 이르면 이러한 기준이 자동 점화되며 선택 후에는 미련스러울 만치 편안하다. 사람도 그랬던 것 같다.

이십오 년 전 횡단보도를 건널 때 그의 손이 나의 손목에 닿았다. 그는 손을 붙잡는 대신 손목을 아주 살짝 잡고 나를 이끌었다. 손목만 잡혔을 뿐인데 그가 온몸으로 나를 껴안는, 혹은 껴덮는 듯했다. '나를 아끼고 보살펴주겠구나.' 횡단보도를 다 건넜을 때 나는 그와 결혼해도 괜찮겠거니 생각했다. 한순간의 작은 몸짓에 마음이 움직일 때 주위 공기는 맑고 가벼웠다.

꼼꼼치 못하다고 여겨질 수 있는 만족주의자들의 선택은 단순하고 담담하다. 선택 이후 비교하지 않으므로 흔들림이 적다. 선택하는 마음이 소박하면 덤으로 행복도 가벼운 걸음으로 쉬이 오는지 모른다.

셋잇단음표의 자유

어느 오후 베이스 연습 중에 셋잇단음표를 만났다. 물론 이미 알던 음표다. 그런데 낯설다. 나타나면 놀라기까지 한다. 그것이 사분음표와 팔분음표 동네에서 갑자기 튀어나왔기 때문이다. 곡이 시작되고 짝수로 분리 가능한 리듬이 주거니 받거니 이어지고 있는데 그것이 참 뜬금없이 나타났다. 왕복 달리기 속도가 붙으려는 찰나 이제 그만하고 운동장을 돌라는 듯하다. 사분음표와 팔분음표의 리듬으로 빨려 들어가던 나는 깜짝 놀라 더듬거리다 박자를 놓치고 만다.

겨우 리듬을 바꿔 타도 안도의 시간은 잠시 뿐, 이번에는 누가 나를 잡고 돌리는지 셋잇단음표에서 빠져나오기가 쉽지 않다. 사분음표와 팔분음표 동네로 쉬이 가지지를 않는다. 춤추고 있는데 행진을 명령 받은 심정이다. 맥락이나 터전의 급변은 어느 방향으로든 버겁다.

나는 메트로놈을 틀어놓고 본격적인 연습에 들어간다. 라르고부터 아다지오 안단테 모데라토까지. 먼저 라르고부터다. 가끔 나의 맥박이 라르고 춤을 출 때가 있는데 그때 마음은 어둑하고 고요한 심해에 닿아있을 것이다. 하지만 그러한 때는 드물다. 맥박도 그러하거니와 연주도 마찬가지다. 느린 속도로 정확히 연주하는 것은 늘 어렵다. 나는 꿋꿋하게 곡의 리듬감을 익혀나간다. 아름다운 라르고표 셋잇단음표 배를 타려다 자주 미끄러진다. 추락하지 않을 만큼 되면 아다지오표로 옮겨 타고 안단테와 모데라토표로 나아가본다. 오후가 익고 다시 식는 사이 셋잇단음표와 그 밖의 음표가 모두 리듬을 지키게 되고 매듭 없이 어울리는 순간이 온다. 직선과 곡선이 묘하게 어울려 흥겨움을 더한다.

그런데 셋잇단음표의 보다 큰 본질은 곡선이 아니라 내부에 있는 듯하다. 한 박을 셋으로 정확하게 가를 수가 없다는 점이 그것이다. 느낌으로 셋으로 가를 때 한 박 안에서지만 미미한 시간차가 생기게 되는 것이다. 하나는 0.3으로, 다른 하나는 0.4, 나머지는 0.3이 되는 식이다. 혹은 0.33과 0.34, 0.33이 될 수도 있겠다. 한 어깨띠를 두르고 있지만 그 아래에 외따로 떨어져있듯 조금이라도 다르게 등장할 수밖에 없다.

곡이 전체로서 리듬을 타면 탈수록 이 미미한 자유를 누리고 싶은 마음의 여유가 생긴다. 0.1 혹은 0.01의 자유를 즐겨본다. 마음의 의도와 손맛에 따라 리듬이 미세한 차로 드러나고 길이의 자유에 강도와 음조가 가세하여 매번 다르게 일렁인다. 같은 것은 한 번도 없다. 생물체 진화의 궁극의 목표가 개별성이듯 음표도 다르지 않은가 보다. 지구상에 가장 잘 적응하고 오래 살아남을 존재를 만들어내기 위해 매번 다른 인간이 탄생하고, 음표도 자신의 존재를 드러내기 위해 공식적으로 부여받은 자유 안에서 소리로써 진화를 추구한다. 비록 0.3 근방을 멀리 벗어나지 못하고 셋이 모여 한 박을 이루어야 하는 한계가 있지만 개별적 존재가 아니라면 존재의 의미가 무색하다고 주장한다. 나는 사이좋고도 자유로운 관계를 훔쳐보며 마음과 손가락을 꼼지락거려본다.

하지만 자유는 기쁘고도 힘들다. 한 사람을 사랑할 자유와 사랑하지 않을 자유, 한 음표를 조금 더 붙들고 있을 자유와 이제 그만 손을 뗄 자유가 있다. 그래서 늘 선택이 힘들고 늘 자유에 대해 생각지 않을 수 없다. 세 음표의 개별성을 선택해야 하는 자유 앞에서 나는 사뭇 진지하다. 선택하는 순간 자유의 기미를 맛보는지 선택의 뒷풀이를 하는지 찡하다.

오후가 제 풀에 식어 저녁이 되고 나는 셋잇단음표가 나타나길 기다린다. 직선의 동네에서 곡선인 그것이 나타나길 긴장 없이 기다린다. 그 밖의 모든 음표는 그것을 향해 나아간다. 자유롭게 일렁이기 위해 잠시 행진의 대열에 있을 뿐이다.

행진한다
춤춘다
행진한다
다르게 춤춘다
또 행진한다
더 다르게 춤춘다…

0.1 혹은 0.01의 사소한 자유 안에서 크게 흥겹다. 무슨 대단한 즉흥 연주라도 하는 듯하다. 검은 띠 아래 외따로 매달려 그네 타듯 나름의 자유를 누리는 세 음표가 낱낱이 사랑스럽다. 이즈음 손전화기의 나의 프로필도 이 사랑과 영 무관치는 않을 것이다. '리듬이 다르면 가치관이 다르다.'

굳은살 소고小考

굳은살을 하나 더하였음에 내 몸은 조금 달라졌다. 물론 이미 가진 것도 여럿이다. 눈을 아래로 돌리면 발뒤꿈치의 굳은살이 있다. 이것의 면적은 아주 넓고 경계가 애매하다. 굳은살 제거가 목적인 기계의 압박으로 전보다 힘을 잃었으나 여전히 건재하다. 맨발을 좋아하는 한 내내 그럴 것이다. 매만지지도 감싸지도 않아 미안하다.

왼손바닥 손톱 근방에도 굳은살이 알알이 박혀있다. 가슴에 기타를 안고부터 생긴 것들이다. 처음 생길 적에는 드러내놓고 딱딱해지더니 시간이 흐르면서 안으로 숨어든 고수들이다. 기타를 매고 온 많은 이들이 이 살과 벗하기도 전에 기타를 버리는 것을 많이 보았다. 버틴 나는 여물어진 그것들과 하나가 되어 줄과 편안하게 만난다.

오른손 중지 옆구리에도 굳은살이 두툼하다. 학창시절 연필을 필요이상으로 힘주어 쥐었던 흔적이다. 이제는 컴퓨터 자판과 친해져 더 이상 굳을 일이 없지만 지금도 옛 형태를 고스란히 간직하고 있는 오랜 벗이다. 툭 불거진 데다 눈앞에 자주 오가니 마음을 붙잡는다.

새 굳은살은 겨울 사이 들어선 모양이다. 그것은 순전히 뜨개질 때문이다. 지난 몇 년간 손바느질에 몹시 재미를 붙였었다. 다독다독 바느질을 하며 바흐의 곡을 듣거나 귀에 익은 재즈 리듬을 타는 즐거움은 얼마나 컸던가. 하지만 최근 노안이 심해져 반짇고리를 멀리 밀쳐놓을 수밖에 없었다. 바늘을 오래 잡지 못할 몸을 지니게 된 것이다.

몇 달을 손을 놀리는데 자꾸 뜨개질 생각이 났다. 그것은 바늘에 실을 꿸 필요도 없고 재단을 한다고 자의 눈금을 뚫어지게 쳐다볼 필요도 없다. 엄지손가락 한 마디도 안 되는 작

은 바늘 대신 그보다 몇십 배나 더 길고 굵은 대바늘을 쥐어
보았다. 제대로 잡은 것은 처음이다. 무엇보다 눈이 뜨개질을
반겼다. 초보자의 모든 시작이 그러하듯 처음에는 의식적으
로 한 코 한 코를 만들어갔다. 털실이 빠질까 코가 엉킬까 바
늘과 실을 조심조심 다루었다. 서툰 탓인지 오른손 검지로 왼
손에 쥔 바늘을 살짝 밀어야 실이 잘 빠졌다. 삶의 요령들은
힘든 과정을 거쳐도 깨우칠까 말까 하건만 이런 꾀는 저절로
생긴다. 차츰 속도가 붙기 시작하고 어느 사이에 의식하지 않
고 여러 코를 이어나가게 되었다.

   하루가 순조롭거나 즐거울 때는 희희낙락해야 하므로 뜨개
질할 겨를이 없다. 심사가 복잡한 날이어야 뜨개질이 하고 싶
어진다. 그래서인지 겨울 내내 안방으로 서재로 털실바구니
를 끼고 다니며 바늘을 쉼 없이 움직였다. 우울과 불안 사이
그네를 타면서 양손에 바늘을 꽉 붙잡았다. 손의 리듬에 몸을
맡기니 아슬아슬하긴 해도 마음이 먼 허공으로 치솟지는 않
았다. 무릇 단순하고 규칙적인 몸동작이 그렇듯 뜨개질은 한
가지 일을 삶의 다른 영역이나 무관한 사람에게 번지지 않게
끔 잘 붙들어주었다. 그 시간 덕에 알록달록한 무릎담요와 보

라와 청회색 목도리가 생겨났다.

　'말없이 어떤 풍경을 고즈넉이 바라보고만 있어도 욕망은 입을 다물어버리게 된다.' 장 그르니에가 산문집 《섬》에서 그리 말했다. 뜨개질하는 시간도 비슷하다. 말없이 손가락만 움직이고 있어도 욕망은 입을 다물어버리게 된다.

　머뭇대긴 해도 봄이 결국 왔다. 복잡한 심사도 제풀에 죽고 털실에 코를 박았던 고개를 드니 오른손 검지 안쪽에 깨만한 굳은살이 보인다. 마찰이 반복될 때 살은 단단해짐으로써 그 부위를 멋지게 보호하였다. 마음은 늘 몸에게 한 수 배운다.

　하지만 굳은 마음이 도래한다는 소식은 깨만한 것이든 콩만한 것이든 봄이건 겨울이건 감감 무소식이다. 하여, 다치기 쉬운 마음을 눈치 챈 살이 대신 굳어주는 건지 모른다.

배경 음악

　시동을 걸자 차가 제 몸 먼지를 턴다. 매실빛깔 차 등에 누워있던 밤 먼지가 화들짝 솟아오르는 순간 음악은 시작된다. 전날 주차하기 직전까지 듣던 음악이다. 흐릿한 모음 하나가 여물어지더니 온전한 낱말 뒤따르고 악기 소리 금세 또렷해진다. 차안의 음향은 꽤 훌륭하다. 음악이 곧 나를 에워싼다.

　내가 선택한 소리에 밀착되어 에워싸이는 느낌과 더불어 차안에서 음악을 듣는 것에는 색다른 즐거움이 있다. 음악에 따라 차창 밖 풍경이 달리 다가오는 것이다. 횡단보도를 건너는 사람들의 걸음이 장조일 때와 단조일 때 다르게 보인다.

가수의 목소리 톤이 다르면 앞차의 뒤태가 다르다. 트럼펫 소리가 깔릴 때와 태평소 소리가 받쳐줄 때 가로수는 다르게 흔들린다. 빗방울도 다르게 꽂힌다. 가본 적 없는 먼 나라의 민요가 들리면 이 거리 또한 그들에게 머나먼 땅이겠구나 생각한다. 나는 짐을 꾸리지 않고도 여행자가 되어 낯선 거리를 통과한다.

근자에는 이 작은 공간에서 들은 음악이 공간 밖에서 들은 것보다 더 많다. 어떨 땐 음악을 듣기 위해 운전이 하고 싶어진다. 정말 그럴 때가 있다. 공간 하나를 끌고 다니면서 가락과 리듬과 화성 안에서 맴돌고 싶은 날이 있다.

흐린 날 베토벤의 템페스트가 나를 에워싼다. 템페스트는 어떤 계절이든 햇빛이 찬란할 때는 듣고 싶지 않다. 나는 가볍게 흔들리지 않고 무겁게, 그렇지만 흔들리기는 한다. 삼악장에 이르면 앞차와 상관없이 속도가 자꾸 느려진다. 가던 길을 멈추고 정차하고 싶은 마음을 누르기 힘들다. 마음 이외의 모든 풍경은 멀리 물러난다. 바쁘지 않다면 어느 골목 벽에 차를 붙이고 고개를 뒤로 젖히고 어깨를 내린 채 곡이 끝

날 때까지 운전을 하지 않는다.

골목길을 오가는 사람들의 어깨가 일이 센티미터쯤 내려앉는다. 어깨를 내린 채 어떤 사람은 곁의 사람을 보고 어떤 사람은 두고 온 사람을 생각한다. 어떤 사람은 늦게 만난 사람을 생각하며 걷는다. 그 어깨들 위로 재색 구름 한 덩이씩 올라가 있다.

가끔 재즈밴드 포플레이의 연주를 들어주어야 한다. 위시 유 워 히어Wish You Were Here를 선택해 반복버튼을 누른다. 건반, 드럼, 베이스, 기타가 재미나게 이야기를 풀면서 서로를 돋보이게 한다. 그들의 동영상을 본 덕분일까. 나는 소리를 들으며 그들을 그릴 수 있다. 자꾸 기타소리에 끌린다. 연주자가 누구인지 모른다. 하지만 한 소리를 즐기기 위해 그의 이력, 그의 다른 연주가 필요 없는 사람이 있다. 하나면 충분한, 하나가 전부인 소리. 그 기타리스트는 둥글고 선한 얼굴을 가지고 있었다. 마음 좋은 둥근 소리들이 그곳에서 흘러나오는 것만 같다.

운전석 위 자유로운 나의 상체가 제법 흔들리기 시작한다.

노을도 번지는 걸 멈추고 흔들린다. 어제보다 더욱 반짝거리며 흔들리고 있다. 이럴 때 리듬을 타지 않는 것은 세상에 하나도 없다.

부에나비스타소셜클럽의 노래가 듣고 싶은 날들이 생긴다. 위로받고 싶을 때, 체념하고 싶을 때. 아~아~라고만 해도 노래가 되는 목소리들이 찬찬거린다. 그들이 감수했던 이전의 시간들은 하나도 헛되지 않게 사용되어 노래에 깊이 박혀있다. 애환을 모르는 이들의 노래는 얼마나 허할 것인가. 거칠고 까만 피부, 크고 까만 눈의 쿠바인들이 내게 속삭인다. 노래와 삶이 둘이 아니랍니다, 글과 삶도 둘이 아니랍니다. 듣는 사람, 읽는 사람 저절로 알게 되지요.

차창 너머 노년들의 걸음걸이가 가볍다. 어떤 노년은 행진하고 어떤 노년은 산책한다. 온 거리가 제 노래를 부를 수 있을 정도로 알맞게 슬프고 알맞게 고단하다. 나도 그 거리에 속할 수 있다. 그러므로 이제 집으로 유턴할 시간이다.

차 안의 음악으로 삶의 배경을 바꿔가며 놀아본다. 날마다 다니는 익숙한 길 위에서 이러한 시도는 더욱 빛을 발한다. 운전한다는 사실조차 잊은 내가 차창 밖 사람들과 구름과 노을을 처음 보듯 볼 수 있다. 배경음악만 살짝 바꾸고서.

...

처음처럼 안녕 안녕

별명

둘째를 낳고 막 교직에 복직했을 즈음이다. 내가 복도에 나
타나면 학생들이 '도우너 선생님이다!' 라고 외쳤다. 도우너
는 만화영화 '아기공룡 둘리' 에 나오는 꼬마 외계인이다. 친
한 몇 녀석에게 내가 왜 도우너냐고 물어보니 답하기 곤란한
듯 그냥 닮았다고 한다. 도우너는 의리가 있고 어떤 상황에서
든 하고 싶은 말을 하고야 마는 꼬마다. 하지만 학생들이 그
런 것까지 감안했을까 싶고 아무래도 외모 때문인 듯하다. 정
리되지 않은 굽슬굽슬한 파마머리에 찬 공기에 쉽게 빨개지
는 코가 도우너와 비슷하긴 하다. 알아보니 도우너는 '깐 따

비야'라는 별에서 '따비야'라는 별로 가다 일이 잘못되어 지구에 불시착했다. 그는 '깐 따비야'라고 주문을 걸면서 초능력을 부리나 실패로 돌아갈 때가 잦았다. 내가 조용히 걷다가 갑자기 작은 돌부리에 걸려 비틀대는 것처럼.

사십 대에는 '피터팬'이라 부르는 이들이 있었다. 하늘을 날아다니며 자라기를 바라지 않는 네버랜드의 소년 두목 말이다. 보통은 책임감이 없고 현실을 회피하는 성인 남자를 부정적으로 언급할 때 피터팬 같다고 한다. 나야 책임감이 지나쳐 고단하게 사는 사람이고 현실 적응력이 느리긴 해도 회피하지는 않는다. 한 제자가 처음 그렇게 부를 때는 대수로이 여기지 않았는데 몇 년 뒤 새로 알게 된 사람도 피터팬 같다고 했다. 왜 그렇게 보이는 걸까. 가냘프고 턱이 뾰족하기 때문일까. 혹은 중성적인 느낌 때문일까. 피터팬이라 부르는 사람 말이 곧 다른 세상으로 날아갈 것 같단다. 살다가 누구나 한 번씩은 다른 세상으로 훌쩍 가고 싶지 않은가. 날아가기 부담 없는 몸 탓이 클 것이다. 닮은 점이 한 가지 더 있기는 하다. 고깔모자는 없어도 옷장에 초록 옷이 제법 많다.

그 즈음 심리학 전공으로 다녔던 대학원에서는 이와 다르게 '추도사'라 불리었다. 강의가 길어지면 지도교수는 '거기, 추도사가 한 번 말해보지'라며 불쑥 나를 호명했다. 나는 기다렸다는 듯 주저하지 않고 어떤 주제에 대한 생각과 느낌을 말했다. 통찰이나 본질이란 말을 섞어가며 넙죽넙죽 이어갔다. 이런 경우가 아니라도 나의 의견과 다른 언급이 있으면 이의를 제기하면서 가치관까지 내처 뻗쳐 말하곤 했다. 저는 그렇게 생각하지 않는데요. 마음으로 다 아는 것을 왜 실험하는지 이해할 수가 없습니다. 저처럼 생각하면 마음이 고요할 텐데요. 그럴 때 강의실 안 공기에 긴장이 흐르기도 하지만 금세 화기애애해졌다. 학생들은 펜을 놓아버리고 몸은 뒤로 젖히고 식은 커피를 홀짝거리면서 내 이야기를 즐겼다. 돌이켜보면 교수가 추도사를 찾는 것은 잠시 휴식을 갖자는 의미였다. 추도사만 그것을 몰랐다.

별명 가운데는 겉이거나 안이거나 자신보다 타인들이 먼저 발견한 것이 많다. 남과 확연히 구별되거나 가장 그다운 모습인데도 자신이 외면하거나 미처 보지 못하는 어느 조각이 숨어있다. 전체적 아우라든 한 귀퉁이든, 환한 것이든 어두운 것이든, 직함이나 관계와 무관한 그것은 별명이라는 이름으로 존재를 드러낸다. 별명으로나마 이름을 부여받은 조각이 웃음을 선물하고 주변을 녹이면서 밖으로 출현한다. 별명이여, 나의 외로웠던 일부여, 그간의 소외를 인정하고 그대를 반갑게 맞으리라.

이즈음 나는 별명 없이 조용하다. 가끔 '외계인'으로 불리기도 하나 별명이라기에는 빈도가 약하다. 이제 도우녀와 피터팬과 도사를 지나 마침내 보편적인 모습으로 현실에 안착한 것인가. 지천명의 나이답게 드디어 세상 이치를 알아차리고 더 이상 숨길 조각이 남아있지 않은 것인가. 그럴 리야 있겠는가. 별명으로 나를 불러줄 천진하고 격의 없는 이들이 사라졌을 뿐.

그간 함께 했던 별명들을 빈 종이에 써놓고 가만히 바라본다. 별명의 수만큼 나는 자유를 통과한 것인가. 알쏭달쏭하다. 별명의 공통분모가 진짜 나인가. 더 알쏭달쏭하다.

차차 흐려져 다시

얼마 전 우편으로 수필집 한 권을 받았다. 일면식도 없는 분의 책이다. 일전에 내 수필집이 궁금하다는 메일을 받고 한 권 보냈는데 그 답례인 듯하다. 속지에 자필로 쓴 인사말이 제법 길었다. '대부분이 시군요…' 그렇게 시작했다. 기뻤다. 평소 모든 산문은 시적이어야 된다고 여기고 그런 수필을 쓰고 싶었기 때문이다. 설레는 마음으로 돋보기를 끼니 렌즈 너머 두 눈이 밝아진다. 그런데 그게 아니었다. '대구분이시군요.' 그분은 내가 대구사람인 것을 언급하면서 인사를 건넸을 따름이었고 나는 마음대로 'ㄱ'을 'ㅂ'으로 바꾸고 없던 여백을 만들었다. 인간은 보고 싶은 것만 보고 믿고 싶은 것만 믿는다더니 욕망이 가미되니 그 이상이었다. 보고 싶고 믿고 싶은 대로 바꾸기까지 한다. 게다가 제대로 나이를 먹고 있는 눈이 착각을 잘 도와준다. 그 덕에 웃을 일도 잦다.

새로 장만한 베이스가 어쩐 일인지 어깨에 부담이 되었다. 쓰던 것보다 조금 클 뿐인데 훨씬 무겁게 느껴지더니 결국 어깨에 통증이 왔다. 도대체 얼마나 무거운지 궁금하여 전자체중계에 뉘어 보았다. 46kg. 예상 밖의 대단한 무게였다. 그 무게를 짊어졌으니 몸에 무리가 간 게 당연했다. 그러던 어느 날 책이 잔뜩 든 딸의 가방을 들었는데 베이스 무게와 얼추 비슷했다. 나의 어림짐작을 확인하고 싶어 가방 무게를 달아 보았다. 4.6kg. 비슷한 느낌인데 이렇게 다를 리가 없었다. 이해가 되지 않아 베이스 무게를 다시 쟀다. 46이 아니라 4.6이었다. 노쇠한 눈이 어깨가 아픈 이유를 발견하고 싶은 마음을 도와 점 하나를 시원스레 날려버렸던 것이다. 자음도 마음대로 바꾸는데 점 하나 빼는 것은 아주 쉬웠을 터이다.

시력이 가파르게 쇠하고 있다. 그것은 오직 한 방향, 흐려지는 쪽이다. 먼 데 것은 원래 희미했고 이제는 가까이 존재하는 것들이 점차 흐려진다. 가로와 세로, 작은 여백과 큰 여백, 이 색과 저 색, 이 모양과 저 모양 사이가 애매하다. 경계가 모호하다. 경계가 무너지므로 애써 구분하려고 힘주어도 소용이 없다. 저항하는 대신 적용하는 수밖에 없다.

이즈음 만화책과 다시 친해진 것도 적용의 맥락인지 모른다. 내용도 모른 채 아들이 추천한 일본만화 '가지'를 읽기 시작했다. 가지나물을 좋아하는 게 이유라면 이유다. 어떤 일을 선택하는 데도 갈수록 단순하고 감각적으로 된다. 역시 가지를 소재로 한 여러 단편이 실려 있는 만화였다. 모든 장면에 다 수긍한 것은 아니지만 시종 다양한 삶과 인간에 대한 포용이 흘렀다. 여운이 따스하고 길었다. 영화 '리틀 포레스트'의 원작만화도 읽었다. 영화가 꽤 괜찮았었다. 산골마을로 귀향한 이십 대 여자가 혼자 씩씩하게 살아가는 내용이다. 그녀는 집 주위에 널린 자연 재료들로 요리를 하며 삶의 기운과 자기 자신을 찾아간다. 소묘화 같은 그림들이 시원했고 말이 많이 들어있지 않은 말풍선들이 경쾌했다. 읽다가 쉬다 다시 읽다가 쉬어도 아무 상관이 없는 이야기들이 모여 있었다. 삶도 그러하면 좋으련만. 친절하게 각 장 뒤에는 그림을 곁들인 요리법이 실려 있었다. 딸이 영화를 보면서 입맛을 다셨던 감자빵을 만들었다. 상상했던 맛과 조금 다르지만 은은하고 순하다.

어느 시인의 말처럼 자세히 보아야 예쁜 것들이 지천이다. 하지만 흐려진 눈 덕에 어제보다 오늘 더 잘 감지할 수 있는 것들이 많아지고 있다. 마주앉은 이의 얼굴도 눈 코 입이 따로 보이지 않고 하나의 인상으로 다가온다. 웃을 때나 심각할 때 그것들이 어떻게 합쳐지는지 보인다. 눈 코 입은 그대로지만 매번 다르다. 점이나 기미 따위는 보이지 않는다. 바람이 불 때 머리칼이 얼굴을 어떻게 감싸는지 무심히 앉은 옆모습이 어떤지 바라본다. 그것은 경계가 모호한 수채화처럼 어슴푸레 애잔하다. 전에는 미처 느끼지 못했던 잔뜩 웅크린 슬픔이나 습관이 된 쓸쓸함, 쓸쓸함을 감추는 미소, 채워지지 않을 것을 이미 알고 있는 결핍 같은 것들이 감지된다. 흐린 그것들이 다가와 말을 건다.

이는 아마 자음을 바꿔치기하고 점 하나를 보지 못한 눈이 아니라 내 안의 다른 눈길이 깨어나는 덕분인지 모른다.

양파장아찌 이야기

남편이 양파를 자루째 사들고 왔다. 여행 중에 양파 주산지를 지나다 흥에 겨워 보관할 공간 따위는 잊고서 사온 것이다. 머물 곳을 찾지 못한 양파는 주홍빛 그물에 갇혀 현관 구석에서 보초를 서다 얼마는 친정 엄마에게 보내졌고 얼마는 장아찌가 되었다. 양파장아찌는 갓 지은 잡곡밥과 잘 어울렸다.

친정에 들르니 엄마도 양파로 장아찌를 담았다며 맛을 보라 한다. 내가 만든 것보다 색이 연하고 조각은 잘다. 엄마는 손으로 한 조각을 집어 얼른 내 입에 넣어 주고 궁금함과 염려가 섞인 눈으로 내 얼굴을 살핀다.

"어때? 맛있나?"

"응, 짭짤하니 맛있네."

나는 거짓말을 했다. 엄마 장아찌는 청춘의 기운을 잃어버린 듯 아삭거리지 않았고 몹시 짰다. 오랜 세월 당뇨병을 안고 사는 엄마는 이즈음 들어 당신이 한 음식이 맛이 없다고 자주 말했다.

양파 조각이 목을 타고 넘어간다. 엄마 장아찌가 내 것보다 맛이 없다. 공기 같기도 하고 마음 같기도 한 것이 저 밑에서 울컥울컥 올라온다. 그것은 덩어리가 되어 목 언저리에서 덜커덩거리고 나는 목이 멘다. 엄마가 만든 것은 지병과 노쇠함에 상관없이 언제나 맛이 있어야 옳은데 이런 것도 모르는 몹쓸 양파장아찌다. 장아찌를 한 조각 더 입에 넣고 천천히 씹었다. 나만 아는 비밀스런 맛을 끝내 찾고 싶었고 엄마가 내 말을 의심하지 않게 하고 싶었다.

몹쓸 양파장아찌가 하나 더 있다. 오래간만에 아는 작가의 작업실에 들른 날이었다. 마침 저녁 밥 때였는데 작가는 작업실에서 밥을 해 먹자고 했다. 작업 시간을 축내지 않으려고 그런 것을 알았지만 한 끼니를 혼자 해결하는 것과 두 사람이 먹는 것은 다르다. 나는 번거로울 터니 그만 나가서 먹자고 했다.

"하나도 안 귀찮습니다. 십오 분이면 됩니다."

"그래요? 그럼 그럴까요?"

나는 타인의 말을 자주 곧이곧대로 믿는다. 정말 십오 분만에 압력밥솥은 밥을 내어놓았고 작가는 냉장고에서 반찬을 꺼냈다. 사각 밀폐용기에 담긴 부추김치, 깻잎김치, 양파장아찌가 전부였다. 가져다 놓은 지 오래 되어 푸른 기가 가신 부추김치를 먹었다. 다음에는 검은 간장물 밖으로 등을 보이는 양파 한 점을 집었다. 그리고 보았다. 약콩만한 푸른곰팡이가 둥글게 굽은 양파 등에 올라앉아 있는 것을. 마음과 젓가락이 잠깐 주춤했다.

'그냥 먹을까? 아니 먹으면 안 돼!'

'곰팡이가 피었다고 말을 할까, 하지 말까.'

결국 말하지 못하고 그대로 먹었다. 알고도 먹은 첫 곰팡이였다. 손수 한 밥에 대한 고마움을 희석시키기 싫었고 작가가 난처해하지 않기를 바랐다. 무엇보다 격식과 체면이 사라진 그 저녁 풍경에 매혹되었다. 어수선한 작업실, 제각각인 모양의 플라스틱 반찬통, 김이 오르고 있는 밥, 푸른곰팡이를 얹고서도 당당한 양파장아찌, 반찬에 곰팡이가 핀 줄도 모르고 웃고 있는 주인장.

근사하게 보이려는 사람들에게 마음이 고단해진 탓인지 자신의 작업에만 몰두하고 그 외의 세상사에는 쓸데없이 힘쓰지 않는 사람이 있는 풍경이 유쾌했다. 탁자 위로 별 하나가 반짝 떴다. 별빛에 눈이 부신 눈에 곰팡이는 사소하고 희미하였다. 작가가 명랑하게 말했다.

"칼날에 베인 적이 있는 사람에게 칼날을 설명할 필요는 없습니다. 그 사람은 칼을 아니까요."

그림이건 글이건 좋은 작품에는 설명이 필요치 않다고 했다. 작품을 알아보는 이가 분명 존재하며 그에게는 아무런 말이 필요 없다고 했다. 설명이 필요하다는 것은 제대로 된 게 아니지 않느냐고 되물었다.

그 저녁의 양파장아찌는 설명이 필요한 어떤 예술보다 나에게 더 유용하였다. 몸은 곰팡이가 핀 양파장아찌를 기꺼이 받아들였고 마음은 보기 드물게 느슨한 풍경에서 도리어 기운을 차렸다.

　나는 두 양파장아찌에 대해 솔직하지 못했다. 그럴 수밖에 없었다.

고구마를 먹는다

　고구마를 좋아한다. 밤도 좋아하고 호박도 좋아하지만 고구마만큼은 아니다. 길에서 '고구마'라는 글자만 보여도 '아, 맛있겠다.'라는 생각이 절로 든다. 라오스 여행 중에도 군고구마가 쉽게 포착되었다. 하도 반가워 잴 것 없이 사먹었다. 낯선 곳에서 몸에 익은 것을 먹고 있으니 동네 시장에 놀러온 것 같았다. 모종 심고 물주며 키워본 적 없으나 어디서나 늘 고구마가 좋다.

　하여 지난 가을 겨울에도 두 상자 거뜬히 먹었다. 거실 한 모퉁이에 신문지를 깔고 그 위에 흙 묻은 햇고구마 두 상자를 쟁여 놓고 든든했다. 고구마는 반찬이나 간식이 될 수 있지만 한 끼 식사로도 충분하다. 나는 고구마의 이 미덕을 놓치지 않으므로 찌거나 구워 단순하게 먹는다. 태어난 모습대로 먹는 게 제일 맛있는 것이 몇 있는데 고구마가 특히 그렇다. 어쩌면 고구마를 좋아해서 그것에게 까다롭게 굴지 않는지 모른다. 정말 좋아하면 굳이 여러 과정을 거쳐 새롭게 변화시킬 필요를 못 느끼는 마음이랄까. 사람 사이에 그런 나와 너가 있다면 완벽한 관계이리라. 마음의 계절에 상관없이 서로의 존재만으로 그득하니 화평할 것이다.

  고구마를 씻는다. 검게 그을린 사내의 이두박근처럼 탐스럽게 골이 진 고구마다. 험한 땅 단단한 흙에서 용을 쓰며 영글어진 탓인지 행색이 매끈치 않다. 껍질이 유달리 거친데다 콜타르색의 버짐이 군데군데 보인다. 그 주변의 붉은 색과의 경계가 도드라지나 흉하지 않다. 한 고구마의 생의 무늬일 뿐, 자연스러워 어여쁘다. 잔뿌리 몇 가닥도 보인다. 검붉은 몸에 드문드문 붙어 있는 그것은 가늘되 애처롭지 않다. 어둠 속에서 자신이 길을 개척하여 물과 양분을 모아 고구마에 이

르렀음을 자랑하는 양 꼬장꼬장하다.

큰 놈은 찌기 전에 반으로 가른다. 미색의 속살은 겉과 달리 순결하니 티끌하나 없다. 젖빛으로 여겨지는 그것을 가르는 순간 정말 젖내가 난다. 아끼듯 삐직삐직 젖내가 난다. 자극과는 거리가 먼 시원의 냄새. 하지만 살집은 탄탄하고 치밀하여 들어온 칼을 잘 놓아주지 않는다. 살집이 어찌나 서로를 붙잡고 있는지 끊어질 생각을 않는다. 봄 여름 가을을 거쳐 힘겹게 하나로 된 그것이 갈라서기를 잠시나마 거부하는 듯하다.

쪄낸 고구마를 접시에 담아 한 김 식힌다. 뜨거운 고구마는 자신에게 가장 어울리는 선과 색을 그대로 지닌 채 속만 희노르스름해졌다. 첫 한 입을 베어 문다. 단단한 이로 한방에 고구마가 지나온 세 계절을 허문다. 젖내가 사라지고 흙냄새인 듯 꿀향기인 듯 소박한 내음이 얼굴로 달려들고 온기를 품은 살집은 달콤하고 부드럽다. 처음 혀끝으로 감지되는 당도와 그 이후에 오는 식감이 조화롭다. 초콜릿 무스처럼 피곤하게 달지 않고 티라미수처럼 맥없이 부드럽지 않다. 서로를 자제시키는 당도와 식감이 적당하다. 그 조화로움에 내가 고구마에게 속절없이 넘어간지도 모른다. 다른 풍상을 겪은 까닭에 껍질은 다르게 거칠지만 속내는 한결 같다. 달콤하나 과하지 않고 부드러우나 강단이 있다.

천천히 씹는다. 무엇과 섞이지도 않고 굽지도 튀기지도 않은 찐 고구마를 씹는다. 한층 부드러워진 그것이 목을 넘어가면 다시 한 입 베고 씹는다. 부드럽지만 땅에서 받은 기운이 여전하므로 급히 넘기면 체하기 쉽다. 조금씩 베어 물고 천천히 씹고 더 천천히 넘겨야 한다. 천천히 먹으면 물도 동치미 국물도 필요 없다. 꼭지 쪽으로 갈수록 허물어진 단면에 실 같은 섬유질이 삐죽이 올라온다.

시간이라는 빗물이 나와 고구마에게 차별 없이 내리고 어느새 고구마를 든 손이 가볍다. 찐 고구마 내음이 입 언저리에 가득하고 배가 차오른다. 거친 외양에 속까지 단단하던 고구마가 열기에 종내 부드러워져 온전히 내게 들어왔다. 고구마 대신 내가 무거워졌다.

비둘기와 산다

두 마리 비둘기의 안중에 나는 없다. 몸집이 큰 녀석과 그
보다 조금 작은 녀석이 서로의 입 안으로 부리를 넣었다 뺐다
얼굴을 부비다 목을 부비댄다. 열심이다. 급기야 한 녀석이
다른 녀석 등에 올라탄다. 그 마무리 놀음 후에 서로의 몸을
풀고 나란히 서서 먼 데를 본다.

서재 외벽에 딸린 에어컨 환풍기 거치대에 비둘기들이 깃
든 지 몇 년째다. 나는 그들이 알을 낳고 품고 새끼들의 솜털
이 깃털로 바뀌는 것을 보아왔다. 처음에는 비둘기들이 가끔

제 날개 가는대로 오는 줄로 알았다. 그러던 어느 휴일 창가 책상에 앉아 자판을 두드리고 있었다. 문장은 마음과 겉돌아 생각을 가다듬으려 창밖을 보곤 했는데 비둘기 두 마리가 몇 시간째 난간에 머물고 있었다. 시끄러울 정도로 꾸루룩거려 무슨 일이라도 있나 싶어 창문을 여니 비둘기는 놀라 날아가고 창문을 닫으려는 찰나 아래쪽에서 시선이 느껴졌다. 목을 빼고 내려다보니 환풍기가 놓인 바닥에 작은 비둘기 두 마리가 납작 엎드려 있었다. 그들은 조금 전까지 떠들어대던 비둘기 부부의 새끼인 듯했다. 그중 한 마리와 눈이 마주쳤다. 녀석은 눈길을 피하지도 않고 빤히 올려다보면서 날개 한 죽지 움직이지 않았다.

'아줌마는 누구에요?'

경계도 없고 위협도 없었다. 내내 망을 보고 있던 부모와 달랐다. 눈망울에는 생을 취한 지 얼마 되지 않은 생명체의 순진한 호기심만 가득했다. 다른 녀석은 겁이 많은지 자꾸 환풍기 밑으로 기어들고 있었다. 한 핏줄이라도 내 두 아이처럼 무척 달랐다. 새의 몸짓, 새의 눈동자에도 그것이 보였다. 나와 다른 종족의 가족이 그토록 가까이에 스위트홈을 꾸리고 있다는 사실이 놀라왔다. 우리 집 귀퉁이가 마음에 들었다고 생각하니 뿌듯하기까지 했다.

하지만 비둘기가 계속 사랑스럽게 보인 것은 아니다. 어느 날 텔레비전에서 '날개달린 쥐, 비둘기의 공격'이라는 프로 그램을 보게 되었다. 비둘기는 원래 암벽 조류로 아파트 베란 다를 암벽으로 여긴다고 하였다. 거기서 알을 낳고 새끼를 키 우는 과정에서 생기는 오물로 거리가 지저분해지고 무엇보 다 그 집 식구들의 건강에 해를 끼칠 수 있다는 내용이었다. 새 식구가 들었듯이 뿌듯해하던 마음이 단번에 달아났다.

비둘기 가족은 새끼들이 다 자라서 떠났는지 며칠 째 조용 했다. 조심스럽게 여닫던 서재 창문을 열어 제치고 설치대 밑 을 살펴보니 깃털과 배설물로 엉망이었다. 소독약을 뿌리고 철사 옷걸이로 바닥을 긁기 시작했다. 오래된 퇴적물이라 제 대로 떨어지질 않았다. 창문턱에 허리를 걸치고 땀을 삘삘 쏟 으며 바닥을 쑤셔대는데 갑자기 웃음이 나왔다.

경이롭고 흐뭇해하던 마음이 텔레비전 프로그램 하나로 백 팔십도 달라져서 병균이라도 옮을까 긴장한 내 모습이라니. 피식피식 웃음이 새어나왔다. 나는 청소를 중단했다. 공중에

뜬 그 작은 공간에 그들이 새끼를 키워내는 것이 뭐 그리 경계할 일인가. 그냥 봐주자고 마음을 다시 백팔십도 더 돌렸다. 내 마음이 바뀐 것을 아는지 비둘기들은 쉼 없이 와서 사랑을 시작하고 사랑을 키우고 가고 또 왔다.

그리고 보니 창가에서 나의 서투른 베이스 소리를 가장 많이 들었던 것도, 공연히 마음을 다쳐 맥없이 하늘을 바라보는 나를 가장 많이 목격한 것도 비둘기들이다. 지금 세 들어 사는 비둘기의 어머니 아버지도 듣고 보았고 할머니 할아버지도 그랬다.

나는 벽 하나를 사이에 두고 비둘기와 산다. 그들은 알 리 없지만 그들을 향한 내 마음만 오락가락하면서 같은 하늘 한 집에 살고 있다.

겨울 산책

산책과 겨울은 닮았다.

마음을 비우고자, 몸으로써 비워지는 마음을 미세하게 살피고자 하는 것이 산책이므로 그러하다. 마음을 산책하려는 자들이 겨울바람을 맞으러 문밖을 나선다. 하지만 겨울이 깊어질수록 산책자는 줄고 골수 깊은 산책자만 밤늦도록 길 위를 서성댄다. 거리는 비어있고 메마른 나무는 골격을 드러내는데 숨김이 없다. 나목을 쉽사리 통과한 바람이 직선으로 산책자들에게 꽂히고 칼바람에 찔린 산책자들의 마음에 촉수가 돋거나 속이 드러난다.

　서성대기만 하던 겨울이 본격적으로 출두한 날 밤거리를 걷던 중이었다. 뺨과 턱에 닿는 스웨터가 까슬한 듯 따스했다. 목 부분을 올리면 얼굴의 반을 덮을 수 있고 눈을 붙잡을 만큼 밝은 파란색 스웨터를 입었다. 앞판은 주황색 무늬에 파란 구슬까지 달려 있어 내가 소화하기에는 과한 옷이다. 날이 아무리 추워도 잘 입지 않던 그것은 정리정돈을 즐기는 나의 손길을 피해 삼십 년을 살아남았다. 그 밤 그 옷을 입었다.

　파란 스웨터와 삼십 년 전 겨울이 힘을 합쳐 한 줄기 바람을 불게 했고 나를 흔들었다. 스웨터에 감싸인 몸이 먼저 스웨터를 알아보았다. 그렇다, 어느 겨울 한 슬픔에 겨운 나머지 충동적으로 눈과 손을 만족시키는 옷을 샀다. 눈부시도록 파랗고 한없이 부드러운 스웨터를 샀다. 그때 나는 아주 추웠으므로 한 사람을 대신할 옷을 골랐다. 잊을 수 없는 기억은 미미한 것에 흔들리고 그 미미한 것은 겨울에 더욱 유효하다. 나는 스웨터에 얼굴을 파묻고 양손을 주머니에 깊이 넣은 채 고개를 숙이고 걸었다.

밤이 깊어질수록 추위는 위세를 부리고 이제 따뜻한 집으로 돌아가 가로로 눕고 싶어졌다. 바람만이 가로등과 불 꺼진 건물 사이를 나다니고 가끔 밤의 사람들이 나타났다 사라지곤 했다. 헌데 네거리 신호등 앞 약국 문턱에 한 사람이 앉아 있었다. 일어날 기색도 조급함도 보이지 않았다. 다가가보니 두꺼운 옷과 모자와 목도리로 오뚝이가 된 할머니였다. 그 앞에는 폐지가 잔뜩 담긴 손수레와 미처 싣지 못한 종이상자가 있었다. 집으로 걸어가면서 나는 자주 뒤를 돌아보았고 할머니는 하염없이 앉아있었다. 겨울 거리에서는 문 안에 있는 사람과 문밖에 있는 사람이 확연히 나누어진다. 나와 할머니는 다른 이유로 길 위에 있었지만 함께 문밖에 있었다.

　네거리와 집의 중간 쯤 왔을 때 갑자기 어둠 속에서 웬 할아버지가 나타났다. 겨울 밤거리와 할아버지는 어울리지 않는다. 무표정한 얼굴과 불편한 종종걸음으로 보아 파킨슨병을 앓고 있는 듯했다. 유난히 깊게 패인 볼에 음영이 짙어 뭉크의 절규가 생각났다. 할아버지는 장보기용 작은 수레를 끌고 먼 곳을 응시하면서 네거리 쪽으로 갔다. 약국 앞의 할머니와 내 앞의 할아버지, 할머니 앞의 종이상자와 할아버지의 빈 수레. 불현듯 할아버지가 할머니를 향해 간다는 확신이 들었다. 할아버지는 할머니가 모아놓은 폐지를 마저 싣기 위해 가는 것임이 틀림없었다. 빈 거리를 배경으로 두 사람이 함께 겨울을 나고 있었다.

이즈음, 사랑은 결국 연민이 아닐까 생각하곤 한다. 시간상으로 삶의 정점을 지나쳤기 때문인지 모성을 닮은 연민이야말로 사랑의 마지막 모습이라고 여겨진다. 연민이 없는 사랑은 지속되기 어려울 듯하다. 나는 연민은 사랑이 아니라고 외쳤던 젊은 날을 반성한다. 연민은 겨울 밤공기를 닮아 습기도 향내도 없이 한눈에 보일 만큼 맑다. 겨울바람 속에 앉아있던 할머니가 건강치 못한 할아버지에게 느끼는 것도, 할아버지가 자신을 대신해 살림을 꾸려가는 할머니에게 느끼는 것도 연민일 것이다. 어쩌면 그 밤 내가 삼십 년 전 나에게 느낀 것도.

계절이 그 계절을 닮은 시각과 만나는 때가 있다. 봄이 아침 햇살 속에 빛날 때, 여름이 한낮의 열기와 대면할 때, 가을이 노을의 시간과 겹칠 때다. 겨울은 빛 없는 차가운 밤 속에서

가장 겨울답다. 그 밤 파란색 스웨터에 묻혀 생각했다. 겨울
은 그제나 이제나 사랑이 가장 잘 보이는 계절이라고.

매일 먼지와

내가 아는 몇 가지 먼지에 대해 이야기해 볼까.

현관에서 가장 멀리 떨어진 방부터 가보자. 이 집에서 새로운 먼지가 가장 많이 생산되는 곳이다. 가늘고 긴 갈색 머리카락과 옷에서 떨어진 보푸라기들이 날마다 짝을 바꿔가며 엉킨다. 그렇게 시작되는 먼지는 서로를 놓아주지 않고 다른 먼지까지 불러 모으는 재주가 있다. 다양하고 다채롭다. 딸의 살결처럼 몽실몽실한 그것은 화장대 주위와 옷걸이 밑에 천연덕스럽게 누워 세를 불려간다. 온 식구의 사랑을 받는 방주인을 닮아 자주 풀썩거리며 뒹굴뒹굴 명랑하다. 청춘이 만드는 먼지니 먼지도 청춘인가. 뭘 해도 밉지 않다. 가까운 것과 먼 것 모두 흐릿하게 보이는 내게 들킬 만큼 커지면 어느새 서랍장이나 침대 밑으로 은신한다.

옆방으로 가보자. '새벽 4시에 들어오는 아들' 이라는 팻말이 붙어있다. 하지만 이즈음 그는 밥 먹고 독서실 가고 다시 집으로 돌아와 책상에 가만히 앉아있는 시간이 많다. 먼지도 생각이 많은지 따라서 얌전해졌다. 이 집에서 소유물이 가장 적은 데다 정리까지 잘하는 방주인을 만나 먼지의 밀도도 낮다. 그래도 자세히 들여다보면 먼지와 무관해야 할 헌법서와 국사책에 제법 보인다. 사진 관련 책에 먼지가 더해졌고 일본 만화책에는 덜어졌다. 이러거나 저러거나 모든 먼지는 있는 듯 없는 듯하다. 혼자 여행하는 것을 좋아하는 방주인을 닮아 무리지어 다니지 않는다. 사방에 흩어져 각자 조용히 앉아있다.

안방 먼지는 부끄럼이 많으니 모른 척 넘어가자. 대신 거실에 사는 먼지를 만나러 가자. 언뜻 보면 마루며 거실장이며 말끔하니 먼지가 보이지 않는다. 방에서 방으로 통하는 길목에는 더욱 그렇다. 여덟 개의 발바닥이 길을 닦는 사이 발걸음에 차일까 쉴 곳을 찾아 나섰을 것이다. 어떤 먼지는 밀려나 가장자리로 내몰리고 어떤 먼지는 발바닥에 옮겨 붙어 다른 방으로 갔을 것이다. 몸이 가벼운 먼지는 바닥과 벽의 경계를 이루는 나무판 위로 냉큼 올라가 오종종 앉아있다. 청소기와 물걸레, 손길과 발길이 닿지 않았던 듯 그 위로 제 식구들을 많이도 불러 모았다. 아무 간섭을 받지 않았지만 세월이 안색을 변하게 했는지 검은 빛이 많이 돈다.

　고개를 들어볼까. 가벼운 것들은, 대개 자유롭고 부피가 작은 것들은 거주할 곳을 가리지 않는다. 거실에서 제일 좋은 자리를 차지하고 있는 그림과 사진을 올려다보니 먼지가 수직으로 매달려있다. 눈길만 받고 손길은 누리지 못한 채 앉고 싶은 대로 붙어 앉아 사방을 내려다보고 있다. 좋아한다면 멀리서 바라보지만 말고 코앞에 와서 매만지고 어루만져야 되지 않느냐고 나무란다. 대답할 말이 없다. 화병의 마른 꽃잎에도 화분의 젖은 줄기와 잎사귀에도 먼지가 앉아 있다. 다행히 먼지는 나를 닮지 않아 아무하고나 마구 친하다.

　이제 서재로 갈 차례다. 현관과 부엌과는 가깝고 다른 세

방과는 멀어 좋아하는 곳이다. 자주 문이 닫히는 이 방의 고요를 존중해야 하므로 살짝만 보자. 먼지도 고요에 익숙해져 있을 것이다. 고요를 가장 달게 누리는 것도 힘들게 고요를 확보하는 나보다 먼지일지 모른다. 서재의 먼지는 무언가 다르게 보인다. 유행과 전혀 상관없는 옷을 입었는데도 가장 세련되어 보이는 차림새랄까. 게다가 향기까지 품고 있다. 아무래도 책과 사이가 좋아 그런가 보다. 몇몇 먼지는 아끼는 책들과 더불어 유리책장 안에서 세파가 무언지 모르고 잘 살고 있다. 그 안의 책은 나의 생각을 옹호하거나 결핍을 자극하는 것들이다. 그러므로 보호하는 것인지 가둔 것인지 헷갈린다. 유리장 안 딱 눈높이 위치에 꽂아두고 오가며 그저 옆구리 제목만 음미한다. 바람결에 대한 기억이 희미해지는 먼지는 책 가까이에서 조용히 늙어 가고 적막한 공간에는 하릴없는 욕망들이 떠돌고 있다.

　방문을 열든 닫든 고요에 침잠할 수 있다면 얼마나 좋을까. 한 권의 책만으로 부족함이 없는 날이 올까. 그래서 책장을 내다 버리고 먼지를 내보내고 빈 벽만 마주할 날이 올까. 먼지는 말이 없다.

새롭고도 오랜 먼지와 한 집에 살고 있다. 그는 내 손발이
닿은 곳과 닿지 않은 곳, 마음 쏠리는 방향과 외면하는 방향
을 알고 있다. 내가 보이지 않거든 먼지에게 물어보아라. 그
가 나의 행방을 알 것이다.

떠나지 못하는 책

책들이 책상 위를 오고 간다.

무심하게 혹은 계획대로 도착하였다가 며칠이나 몇 달 뒤 떠나곤 한다. 그래도 오랫동안 책상 위를 떠나지 않는 책이 있다. 이번에는 두 책이 꽤 오래 머물고 있다.

그 두 책 제목에는 네 개의 명사가 들어 있다. 고요, 초대, 꿈, 사물. 다른 책들이 계절 따라 오가는 동안에 그 둘은 갈색 나무 책상을 차지한 채 떠날 줄 모른다.

오직 한 작품으로만 알고 있던 시인이 있었다.

'겨울 산을 오르면서 나는 본다./ 가장 높은 것들은 추운 곳에서/ 얼음처럼 빛나고,/ 얼어붙은 폭포의 단호한 침묵…'

어느 아침 그 시의 한 구절이 내게 박혔다. 높은 곳에 있지도 않으면서 추위에 떨고 있던 날 그 시를 발견한 덕분에 나는 추위를 참을 수 있었다. 내게 얼음처럼 빛나고 싶은 욕구가 있음을 알아차렸다. 산정이 아니라 시중에서조차 추위로 아팠던 날 그 시는 자극이자 위로였다. 부끄러움을 일게 하고 입을 다물게 하였다.

관심은 번지는 마음이다. 우연히 만났던 시 한 편으로 인해 그 시인의 다른 시들이 읽고 싶던 차 새 시집 출간 기사를 읽고 바로 구입하였다. 그리하여 고요와 초대를 달고 있는 시집 한 권이 내게 도착하였다.

'시는 무신론자가 만든 종교/ 신 없는 성당/ 외로움의 성전/ 언어는/ 시름시름 자란/ 외로움과 사귀다가 무성히 큰 허무를 만든다…'

처음에 실린 시 '은둔지' 부터 마음을 고무시키면서도 고요하게 하였다. 그것은 한 번에 읽고 마는 시들이 아니라 물을 아껴가며 마른 입술을 적시듯 맛보아야만 하는 시들이었다. 가을에 읽으면 스산해졌고 겨울에 읽으면 도리어 따뜻해졌다. 적어도 시를 읽는 동안에는 눈으로 보이지 않은 것들을 볼 마음이 되살아났다. 고요는 그런 데서 찾아야 함에 시인과 합의하였다.

꿈과 사물을 달고 있는 수필집 한 권이 배달되었다. 그 얼마 전 수필 한 편에 서늘한 감동을 받고 작품의 여운에 겨운 나머지 만난 적 없고 이름도 낯선 작가에게 메일을 보냈다. 그 작품이 누군가에게 무언가를 불러일으켰음을 알리고 싶었다. 작가는 송구스러울 만치 고마워하면서 자신의 작품집을 보내주었다.

작품집은 이미 읽은 한 작품에서 받은 느낌과 다르지 않았다. 매 작품이 작가 전체였고 작품집 자체가 한 작품이었다. 일관되게 깊고 맑았다. 나는 나의 안목이 정확했음에 환호하며 읽었다. 수수한 아름다움과 통찰이 표 나지 않게 배인 문장들을 만나 마음이 호사를 누렸다. 나와 뱃속이 잘 맞는 문장들을 발견할 때 즐거웠다.

'모든 무거운 것은 가벼운 것에 흔들려. 가볍게 나부끼는 눈에 화엄사 범종이 울고, 그 소리에 지리산이 흔들리지…'

그 문장이 나를 흔들었다. 조심스러운 포옹, 모르는 이의 친절, 부스스한 나무 한 그루와 그저 부는 바람이 무거움을 일시에 가져간 일이 생각났다. 겪어본 이들만이 음미할 수 있는 구절, 요즘도 무거울 때면 그 문장을 자주 중얼거린다. 여전히 효과가 있다. 그의 글들에게서 사물과 사람에 대한 조용한 응시와 사랑을 본다. 그 응시와 사랑은 문장 안보다는 문장과 문장 사이에서 더 많이 보인다. 그래서 나는 문장 사이사이에서 작가의 마음을 따라 잠시 쉴 수밖에 없다. 책은 먼 사람들을 서로 닿게 하여 위로하고 쉬게 한다.

어느 집에 가면 주인의 책상 위를 훔쳐보련다. 주인의 이즈음 마음을 묻지 않고도 엿볼 수 있을 터. 책장에 서 있지 않고 책상 위에 누워 주인을 바라보는 책에 그의 마음이 머물고 있을 것이다.

책 두 권이 몇 계절이 지나도록 책상을 떠나지 못하고 있다. 아직 꿈을 꾸기 때문이며 아직 고요하지 않기 때문이다.
두려워하는 초대가 아직 남아 있기 때문이다.

샘비

지은이 | 추선희
발행인 | 신중현

발행 | 2017년 2월 20일

펴낸곳 | 도서출판 학이사
출판등록 | 제25100-2005-28호
          대구광역시 달서구 문화회관11안길 22-1(장동)
          전화_ (053) 554-3431, 3432 팩시밀리_ (053) 554-3433
          홈페이지_http://www.학이사.kr
          이메일_hes3431@naver.com

ISBN_979-11-5854-067-8 03810